JN318747

口入屋用心棒

遺言状の願

鈴木英治

双葉文庫

目次

遺言状の願　口入屋用心棒

第一章

一

綿《わた》でも踏んでいるかのように、気持ちがふわふわして、定まりどころがない。

これが夢だったらどんなにいいだろう、と湯瀬《ゆせ》直之進《なおのしん》は心から思った。

だが、いま目に見えている光景はうつつ以外のなにものでもない。

直之進はふらりと立ち上がった。おきくが腫《は》れた目で見上げてくる。

おきくに無言でうなずいてみせた直之進は、線香が濃く煙り、靄《もや》のように立ち込めている部屋を進みはじめた。

女たちのすすり泣きが、さざ波のように揺れている。

この者たちの涙は、と直之進は頼りない足取りで歩きつつ思った。本物だ。この場に、泣《な》き女《め》は一人もいない。誰もが心から米田屋《よねだや》光右衛門《みつえもん》の死を悼《いた》んでいる。

樺山富士太郎《かばやまふじたろう》と珠吉《たまきち》も泣いている。光右衛門と同業である菱田屋紺右衛門《ひしだやこんえもん》も涙を流している。光右衛門となにかしら因縁《いんねん》があった者は、みんなこの場に来てくれている。光右衛門の人柄が偲《しの》ばれようというものだ。

座敷の最前に置かれた棺桶《かんおけ》に、直之進はたどり着いた。棺桶の前には上机《うわづくえ》が置かれ、箸《はし》の立った枕飯《まくらめし》がのっている。棺桶にはまだ蓋《ふた》はされていない。

これまで幾度も光右衛門の顔を見に来て、そのたびに直之進は別れを告げたが、なんべん繰り返しても、まだ気持ちの区切りがつかない。きりがないのはわかっているが、それだけ光右衛門という男に惚《ほ》れ込んでいたのだ。

両手を棺桶の縁につけて、直之進は中をのぞき込んだ。

死装束《しにしょうぞく》をまとい、額烏帽子《ひたいえぼし》を着けている光右衛門は、棺桶の中で少し窮屈《きゅうくつ》そうに体を丸めている。目を閉じ、安らかに眠っているように見える。

舅《しゅうと》どの、と直之進は心中で語りかけた。

ずいぶん世話になったな。舅どのには、返しきれぬ恩があった。それを少しでも返そうと思っていた矢先、こんなことになってしまった。俺は返す返すも残念でならぬ。

舅どの、俺の声が聞こえているか。

はい、もちろん聞こえておりますよ。

いきなり光右衛門が目を開け、直之進を見上げた。

えっ、と直之進はさすがに声を上げ、かたまった。まさか、こんなことが起きようとは。

——信じられぬ。まさに奇跡といってよいのではないか。

棺桶の中で、光右衛門がしわ深い頬《ほほ》をゆるめている。細い目が柔和《にゅうわ》に細められていた。

これまでのことはすべて、婿《むこ》どのを驚かそうとした企《たくら》みでございますよ。婿どの、びっくりなさいましたか。

——あ、当たり前だ。

ほっと胸をなで下ろして直之進は答えた。

ごそごそと体を動かし、光右衛門がゆっくりと立ち上がる。

ああ、舅どの、本当に死んではいなかったのだな。

あまりにうれしくて小さな怒りはすっと胸のうちにおさまり、直之進は泣き笑いの顔になった。

しかし舅どの、芝居だったのはこの上なくうれしいが、いくらなんでも冗談《じょうだん》が過《す》ぎるのではないか。

はあ、さようでございますか。いささかやり過ぎましたかなあ。それでは、やはり戻ることにいたしますかな。

すまなさそうな顔つきになり、光右衛門はそそくさとしゃがみ込んで、棺桶の中でそっと目を閉じた。

いや、なにも本当に戻らずともよいのだ。

あわてて直之進はいったが、座り込んだまま光右衛門は、もはやぴくりとも動かない。

不意に、女たちの泣き声が耳に入り込んできた。はっとして首を振り、直之進は光右衛門を改めて見つめた。

光右衛門には、動いた様子はまったくない。口を利《き》いたり、立ち上がったりしてはいないのだ。

今のは、と直之進は目を閉じて思った。生き返ってほしいという切なる願いが、見せた幻だったのだろうか。

いや、光右衛門のことだ、死んでもなお、生前のように剽《ひょう》げたことをしてみせたかったのではあるまいか。

あの世に行っても、光右衛門は光右衛門ということなのだろう。

舅どの、と直之進は再び遺骸に語りかけた。できることなら、その胸ぐらをつかみ、目を覚まさせたいくらいだ。それほど俺はおぬしに会いたくてならぬ。もっと話をしたくてならぬのだ。

じわりと涙が出てきた。

直之進としては、本当は大声を上げて泣きたかった。だが、どういうわけか、そういう真似《まね》ができない。

自分が武家だからか。いや、そんなことは関係ない。武家でも、号泣する者は少なくないのだ。

すまぬな、舅どの。このような薄情な婿で。

――そんなことはございませんよ。

不意にそんな声が聞こえたような気がした。

――湯瀬さまはお優しい方でございます。おきくもこれ以上ない人を選んだものと、手前は思っておりますよ。おきくは幸せ者でございます。

そんな言葉が頭の中に満ちた。

これは、と直之進は戸惑った。自分がそう思いたがっているからこその幻聴なのか。それとも、まことに舅どのの言葉なのだろうか。

——決まっておろう。

光右衛門の思いやりがありがたく、まぶたの堰《せき》を破って、直之進の頰を新たな涙が伝った。

かたじけない、舅どの。——実をいえば、俺には悔いしかないのだ。なにしろ、舅どのに孫を抱かせてやれなかった。おきくとの祝 言《しゅうげん》を先延ばしにしなければ、晴れの日に舅どのが倒れることなど決してなかっただろう。舅どのの病状がおもわしくないことを知りながら、なぜもっと早く祝言をあげなかったのか。

——くそう。

直之進は、握り締めた拳が震えているのを見た。この拳を思い切り叩きつけたい。痛みがほしくてならない。

我知らず棺桶を殴りつけそうになって、直之進は腕に力を込めてとどまった。人の気配が右側の襖《ふすま》の向こうに立った。襖が静かに開き、質素《しっそ》な袈裟《けさ》を身につけた僧侶がしずしずと入ってきた。米田屋の檀那寺《だんなでら》である得明 寺《とくみょうじ》の衛良 和尚《えいりょうおしょう》である。

「ご住職、ご足労ありがとうございます」

すぐさま歩み寄った琢ノ介《たくのすけ》が、深々と頭を下げる。

「このたびは――」

会釈をして衛良が悔やみを述べる。それから直之進のほうにやってきた。いや、そうではなく、光右衛門の顔を見に来たのだ。

直之進も挨拶《あいさつ》した。穏やかに衛良が返してきた。

「――米田屋さん」

棺桶をのぞいた衛良が、丁寧《ていねい》な口調で光右衛門に語りかける。

「生前は、当寺にとてもよくしてくださったのう。わしは感謝してもしきれない。当寺がなんとかやってこられたのは、あなたの力がまことに大きい」

得明寺はさほど大きな寺ではない。檀家《だんか》の数も限られているはずだ。そんな中、光右衛門はきっとできる限りの援助をしてきたのだろう。

「米田屋さん、あなたにはもっともっと生きていてほしかった。五十九とはのう。よもや、わしより早く逝《い》ってしまうとは。米田屋さんのようなお人こそ、長生きすべきなのに。わしは残念でならん」

その言葉を聞いて、うう、と琢ノ介が涙を流した。女房のおあきも、口元を押さえて嗚咽《おえつ》している。祥吉《しょうきち》は目を真っ赤にして、唇を嚙《か》み続けている。

直之進も泣けてならなかった。

衛良の目から涙があふれ出て、光右衛門の顔にぽたりぽたりと落ちた。

「ああ、これはすまないことをしたの」

手を伸ばし、衛良が光右衛門の頰を指先でそっとぬぐう。

「ああ、冷たいのう。米田屋さん、本当に死んでしまったんじゃのう……」

これまで何度も葬儀に出たが、経《きょう》を上げにやってきた僧侶が仏の顔を見て涙するのを、直之進は初めて見た。心を打たれ、胸がかっと熱くなった。

「では、さっそくはじめようかの」

涙を手ふきでぬぐって衛良が琢ノ介にいい、座布団《ざぶとん》の上に座った。すでに木魚《もくぎょ》は用意されている。

衛良に向かって一礼してから、直之進はおきくの横に戻り、正座した。両手で両膝をかたくつかんでいるおきくはじっとうつむき、悲しみに耐えている。

座布団の上で座り直した衛良が軽く咳払《せきばら》いをする。すると、女たちの泣き声が次第にやんでゆき、ひそやかな話し声もなくなり、座が静まった。

その機をとらえたように読経《どきょう》がはじまった。

衛良の経を直之進は初めて聞いたが、すばらしい喉《のど》をしている。心を厚く覆っている悲しみが薄れるまでには至らないが、なんとなく気持ちが安らいでゆくのがわかる。

お経というのは、と聞き惚れながら直之進は思った。きっとそういうふうにできているのだろう。

死者をあの世に送るよすがというだけでなく、生者の慰《なぐさ》めになるのだ。

半刻後、読経が終わった。

座にはほっとした空気が流れ、いくつかのしわぶきが漏れた。

座布団の上で向きを変え、衛良が参列者に丁寧に頭を下げる。顔を上げ、このたびは、とつぶやくようにいった。

「ご愁傷さまでございます。本日は拙僧《せっそう》の悲しみがあまりに大きすぎて、気持ちの整理がついておりません。まことに申し訳ありませんが、この場の説法はご容赦願いたい。……拙僧は、これにて失礼させていただきます」

目頭《めがしら》を押さえて立ち上がり、衛良が退出する。琢ノ介と身重《みおも》のおあき、祥吉たちとともに、直之進、双子の姉妹のおれんとおきくも衛良を外まで見送った。

「米田屋さん、すぐに当寺にいらっしゃるのでしたね」

振り返った衛良が琢ノ介に確かめる。

「はい、おっしゃる通りです。火屋《ひや》にて仏を荼毘《だび》に付しますので」

「さようでしたな。では、のちほど」

琢ノ介に向かって頭を下げ、衛良が袈裟の裾《すそ》をひるがえして歩きはじめた。最初の辻を曲がると、その姿はあっという間に見えなくなった。

家の中に戻る前、直之進は米田屋の建物を見上げた。屋根に、立派な扁額《へんがく》が掲げられている。この家は光右衛門が築き、それを琢ノ介が継いだ。これまでは光右衛門の色で一杯だった。それを、これから琢ノ介の色で染めていくことになるのだろう。本人は不安でならないかもしれないが、琢ノ介ならば、きっとやれるにちがいない。

「どうかされましたか」

首をかしげて、おきくがきいてきた。

「うむ、ちと琢ノ介のことを考えていた」

「義兄上《あにうえ》のことを……」

「――おきく、まいろう」

家の中に戻り、直之進とおきくは座敷に着座した。

顔をこわばらせた琢ノ介が参列者の前に立った。おあきと祥吉が琢ノ介に寄り添う。

「これより、喪主《もしゅ》として口上《こうじょう》を述べさせていただきます」

ぎゅっと目を閉じ、琢ノ介が涙をこらえるような顔になった。つと目を開き、亡き光右衛門の面影《おもかげ》を思い出すように天井《てんじょう》を見上げている。

うちつけに口を動かし、琢ノ介がしゃべりはじめた。

「――本日は亡き義父《ちち》のために大勢の方々にご参列いただき、まことにありがとうございました。義父は仕事一筋の人でした。他人の悪口は決していわない人でした。偏屈《へんくつ》で口うるさいところがありましたが、すべては愛情のなせる業《わざ》だということは、手前どもはよくわかっておりました……」

琢ノ介が言葉を途切れさせる。気持ちを入れ直し、再び話し出した。

「義父はその頑《かたく》なさから、人さまに迷惑をかけたこともきっとあったことでしょう。しかし、どのお方も、米田屋さんのことだから、と笑って許してくださったのではないでしょうか」

いきなり琢ノ介がうつむき、うう、と口を押さえた。おあきが、あなたさま、がんばって、と励《はげ》ますように琢ノ介の肩にそっと手を当てる。

おあきから力をもらったように、琢ノ介が顎《あご》を上げた。

「――手前は、義父に仕事を教えてもらうつもりでした。それができなくなり、手前は不安でなりません。もっとも、義父のことですから、教えてもらう、などというのは甘えに過ぎませんよ、仕事というのは盗むものですからな、ときっというにちがいありません」

胸をそらせ、琢ノ介が息を入れる。

「手前は一日も早く義父の代わりとなり、米田屋の二代目もなかなかやるじゃないか、といわれるよう、力の限りを尽くす所存《しょぞん》です。一人前になり、あの世の義父にほめてもらうことを夢見て、仕事に励んでまいります。義父は、人というのは一生精進《しょうじん》を続けるもの、一人前になることなど決してありませんよ、というでしょう。それでも、いつか義父と肩を並べる商売人になれるよう、手前は精進するつもりです」

頰を伝う涙を琢ノ介が指先でぬぐう。

「義父上、もし万が一、手前が怠《なま》けようなどという気を起こすことがあれば、是非とも夢枕《ゆめまくら》に立ち、お叱りくださるよう切にお願いいたします。手前のひん曲がった背筋は、しゃんと伸びるにちがいありません。義父上、どうかよろしくお願いいたします」

涙をこらえるように奥歯を噛み締めて、琢ノ介が言葉を切った。腰を深く折ってから、横にどく。

琢ノ介に代わって、おあきが前に立った。目は赤いままだが、気持ちはだいぶ落ち着いてきているようだ。子を宿したばかりの腹をそっとさすってから一礼し、話し出した。

「これまで私たちは力を合わせて米田屋を守《も》り立《た》ててきたと思っておりました。でも、それが勘ちがいであったと、このたびはっきりいたしました。米田屋を支えてきたのは、まさしく父でした」

目を一瞬閉じ、おあきが唇を噛んだ。

「大黒柱である父を亡くして、正直、私どもは呆然《ぼうぜん》とするばかりです。だからといって、立ち止まるわけにはまいりません。米田屋には大事なお客さまがたくさんいらっしゃいます。そのお客さまのためにも、父が生きているときよりもいっそう、私どもは商売に身を入れてまいります」

おあきがまた腹をさする。そうすることで力が湧《わ》くようだ。

「これから私どもが商売を繁盛《はんじよう》させれば、米田屋は大黒柱を失った痛手《いたで》から立ち直ったのだな、と皆さま方に思っていただけるに相違ありません。主人も申しましたが、私どもは亡き父の名に恥じないように、力の限りを尽くしてまいります」

決意の目でいい、おあきがもう一度腹に手を当てた。静かにさすってから、ほほえむ。

「父は静かに眠りにつきました。痛みもなかったようで、死顔は安らかでした。私はこれからもう一人、子を産みます。父のように人を愛し、人に愛されるような人生を送ってほしいと切に願っております。ここにいる祥吉にも、父のような人になってほしいと思っております」

手を伸ばし、おあきが祥吉の頭をなでる。

不意に、おじいちゃん、と叫んで祥吉が棺桶にすがりついた。声を上げて、激しく泣きはじめる。

おじいちゃん、お願いだから目を覚ましてよ。死んじゃいやだよ。

その叫びが参列者の新たな涙を誘った。

祥吉の号泣ぶりに、直之進も涙が止まらなかった。

小日向東《こひなたひがし》古川町《ふるかわちょう》の若い者たちが、棺桶を担ぎ上げると、ゆっくりと部屋から運び出した。

それに合わせて、参列者たちがぞろぞろと外に出る。直之進たちもその列に続いた。祥吉はすでに泣き止んでいる。琢ノ介の背中で眠っていた。

道を歩きはじめてすぐに、おきくがふらりとした。

すぐさま直之進は横から支えた。憔悴《しょうすい》しきって、おきくは顔色がひどく青い。

「おきく、大丈夫か」

案じられてならず、直之進は声をかけた。

「は、はい、大丈夫です」

直之進に心配をかけまいとしているのか、おきくは笑みを返してきた。だが、その笑顔の裏にある疲れが、目の下にくまとなってにじみ出てきている。

疲れ切っているのならば横になっていたほうがいいのだろう、と直之進は思ったが、勧めたところでおきくは決して肯《がえ》んじまい。あと少しで葬儀は終わりますから、というにちがいないのだ。

「歩けるか」

「もちろんです」

「ならば、まいろう」

妻をいつでも支えられるように気を配りつつ、直之進はおきくとともに参列者の最後尾についた。

五町ばかり進んで足を止めたのは、寺の山門の前だ。掲げられている扁額には得明寺とある。

琢ノ介がまず山門をくぐった。棺桶があとに続く。

「お待ちしておりました」

こぢんまりとした本堂の前で、衛良が参列者たちを出迎える。

「こちらにどうぞ」

焼き場である火屋は本堂の裏手にあった。そこはこんもりとした林になっており、鳥たちの声が降るように聞こえていた。

火屋までやってきたのは、光右衛門の家人と富士太郎に珠吉、紺右衛門だけである。他の参列者は本堂の中で控えている。

火屋の建っているところだけが木々の枝が切り払われ、頭上から陽射しが入るようになっている。これは、陽を取り入れるというよりも、死者を焼く煙が抜けてゆくようにできているのだろう。青い空がくっきりとのぞき、直之進の足は火屋の影をわずかに踏んでいる。

棺桶が火屋の中に運び込まれた。

火屋といっても、そこにあるのはただの小屋に過ぎない。土間が深く掘られ、床とまわりを石がかためている。その上に薪《まき》がうずたかく積まれている。

棺桶から光右衛門の遺骸が出され、薪の上に静かに置かれた。

薪の上で両手を合わせた光右衛門を見て、直之進はまた涙が出てきた。おきくとおれんも泣いている。琢ノ介とおあき、祥吉も同様だ。富士太郎と珠吉、紺右衛門もおびただしい涙を流している。

空《から》になった棺桶が運び出された。仏を火葬にするのなら、棺桶ははなから不要の物でしかないが、得明寺まで遺骸を運ぶのに、まさか大八車《だいはちぐるま》を使うわけにもいかない。それでは葬列の体《てい》をなさない。

「では、今より仏さまを荼毘に付します。終わるまで皆さまは外でお待ちくださ い」

衛良にいわれて、直之進たちは光右衛門に最後の別れを告げた。

——これで、舅どのの姿は見納めということか。

立ち去りがたい。ずっと光右衛門の姿を見ていたい。

それは、直之進だけの気持ちではないようだ。そこにいる全員が身じろぎ一つせずに、光右衛門の遺骸をじっと見ている。おあきとおれん、おきくの三姉妹は声を上げて泣き出している。

「さあ、出よう」

意を決したようにいったのは琢ノ介だ。

「わかった」

答えた直之進はおきくをうながし、火屋の外に出た。振り返り振り返りしつつ、おれんや富士太郎、珠吉、紺右衛門も出てきた。

火屋から少し離れて、直之進は建物を見上げた。見守るうちに、やがて窓から煙が上がりはじめた。

その煙を見て、直之進はまた涙が出てきた。光右衛門が焼かれているのだ。おあき、おれん、おきくの三人は、ぼろぼろと涙を流している。

「舅どのは熱くないかな」

案じ顔で琢ノ介が煙を見つめている。

「熱くなければよいな」

「もう熱くないな。舅どのは本当に死んでしまったのだ」

気持ちにけりをつけるように琢ノ介がいう。

「直之進、骨になるまでどのくらいかかるのかな」

「半日以上は優にかかろう」

「ならば、骨を拾うのは夕方か」

春真っ盛りであたたかとはいえ、林の中で突っ立っているのも芸がない。参列者たちは本堂に通された。茶菓《ちゃか》が用意してあった。

直之進は茶をもらった。湯飲みから、じんわりとしたあたたかみが伝わる。

まるで舅どのの人柄のようだな。

——会いたい。

強烈に直之進は思った。

光右衛門と知り合ってから、泣いたり、笑ったり、怒ったり、事件に巻き込まれたり、とさまざまなことがあった。

事件といえば、と直之進は思い出した。光右衛門と最初に知り合ったのは、大《おお》店《だな》の娘の用心棒仕事がきっかけだった。

――かれこれ三年か。

そう、あれがつき合いのはじまりだった。

うまく事件を解決に導くことができ、光右衛門の信頼を得て直之進は深くつき合うようになったのだ。

それからもさまざまなことがあったな。

ぎゅっと詰め込まれたような時間だった。

顔を見たい。話をしたい。

だが、その願いがかなえられることは、もはや決してない。

次に光右衛門に会うときは、自分が冥土《めいど》に行くときだ。

つー、と一筋の涙が直之進の頰を伝った。

二

潮の香りが濃くなってきた。

――そろそろ近いのだろうか。

編笠《あみがさ》を上げ、直之進は前方を仰ぎ見た。だが、まだ海は見えてこない。一筋の街道が田畑を突っ切るように続いている。

陽射しが強い。太陽の光が澄明《ちょうめい》というのか、江戸よりもずっとまぶしく感じられる。光右衛門の葬儀からちょうど十日たち、季節がわずかながら進んだということも、関係しているのかもしれない。

少し暑くなってきて、直之進は額に汗をかいている。編笠を脱ぎ、後ろを歩くおきくを振り返った。

おきくは手甲《てっこう》に脚絆《きゃはん》をつけ、白の装束を身にまとっている。菅笠《すげがさ》のために、顔色は判然としない。ただし、足取りは先ほどより少し重くなったようだ。

「おきく、具合はどうだ」

菅笠を傾けて、おきくがにっこりする。陽射しを受けて白い歯が輝く。

「あなたさま、もう何度も同じことをきかれました。私は大丈夫ですよ」

歩調をゆるめ、直之進はおきくと肩を並べた。道は狭く、二人が肩をそろえるとそれだけで一杯になる。

「しかし葬儀のあと、四日ものあいだ寝込んでいたのだぞ。今も足取りは決して軽いとはいえぬ」

「床《とこ》を上げて、もう六日もたちます。歩くのが遅いのは、四日も横になって体がなまったせいです。足だって重くもなります。あなたさま、私は本当に大丈夫です」

「顔をよく見せてくれ」

歩をゆっくりと運びつつ直之進は頼んだ。わかりました、と菅笠を取って、おきくは手に提《さ》げた。直之進は新妻の顔を見つめた。

「うむ、顔色は悪くない。いや、むしろよくなっているようだな」

「だから、申し上げたではありませんか。私は本当に大丈夫です。あなたさま、お気遣いは必要ありません」

笑って、おきくが直之進を見上げる。

「寝込んだのも、おとっつぁんを亡くしたことで体調を崩しただけです。悲しみはまだ癒《い》えないけれど、心が少しずつ静まってきているのがわかります。まさに、ときこそが最良の薬ということなのでしょうね」

「その通りだな」

実感を込めて直之進は答えた。

「舅どのを亡くしてから五、六日は、俺も舅どののことばかりを考えていた。だが、今はほかのことにも思いが及ぶようになってきた。舅どののことを考えぬ日日はもちろんないが、少なくなりつつあるのは確かだ」

だからこそ、と直之進は思った。こうして江戸を離れ、常陸《ひたち》への旅に出ることができたのだろう。

「いつまでも死んだ者のことばかり考えていたら、前に進めないよ、とおとっつぁんがいっている気がしてなりません」

「この世を生きる者はいつまでも死者のことを引きずってはならぬ、顔を上げて今を生きてゆけ、ということなのだろう」

しばらく無言で二人は歩いた。

「もうじきでしょうか」

つま先立って、おきくが前を見やる。

「うむ、あと半刻もかからぬのではないかな。鹿島《かしま》で船を下りて、けっこう歩いたからな」

「おとっつぁんの故郷は、いったいどんなところでしょう」

「きっといいところにちがいあるまい。常陸の青塚村《あおづかむら》。名からして、実によさそうなところではないか」

それから小半刻ばかり歩いて道が小高いところにかかったとき、あっ、とおきくが声を上げた。

「海が見えます」

「おお」

二人は足を止めた。腕組みをして直之進は雄大な海を眺めた。

「——こいつは広い」

これしか直之進には言葉がない。

「見渡す限り、すべて海ですね。陽射しを浴びて、海全体が光り輝いています。まぶしすぎるくらい」

手庇《てびさし》を掲げて、おきくが目をきょろきょろと動かしている。

「青塚村はどこにあるのでしょう」

ここから望むと、海沿いに、いくつかの村が点在しているのがわかる。そのうちのどれかが光右衛門の故郷のはずなのだ。

「ふむ、ここからではわからぬな。とりあえず行ってみるしかない。おきく、まいろう」

はい、と首を動かして、おきくが直之進の後ろに続く。

ほんの一町ほどで辻に差しかかり、そこを左に折れた。そこからは、海に沿って南北に街道が走っている。

この道は飯沼《いいぬま》街道と呼ばれているそうだ。


小さな木戸の前で足を止めた。

「ここのはずだが」

木戸は開け放たれており、来る者は拒《こば》まず、といった風情《ふぜい》である。先ほど、飯沼街道の途中で近在の百姓の一人をつかまえ、道をきいたのだ。その百姓のいう通りに直之進たちはやってきた。

木戸の先に、茅葺《かやぶ》きの家々が見えている。あれが青塚村だろう。

村は海が間近に迫り、半農半漁《はんのうはんぎょ》という趣《おもむき》である。戸数は三十ばかりか。それぞれの家はさほど大きくないが、造りがしっかりしており、かなり金をかけているのが遠目でもわかる。

そのとき、ちょうど鍬《くわ》を担いで木戸を出てきた女がいた。

「ちと、うかがうが」

すぐさま直之進は声をかけた。

「こちらは青塚村かな」

「はい、さようですが」

村の女房らしい女が、怪訝《けげん》そうな目を向けてくる。身に着けているものは悪くない。こざっぱりしたものだ。気づいたように肩から鍬を下ろした。

「お侍とご内儀は、うちの村にいらしたのですか」

「うむ、そうだ」

不思議そうな顔つきになり、女房が直之進を見つめてくる。

「こんななにもない村へ、いったいなににしにいらしたのですか」

どんな理由があって光右衛門がこの村を出てきたのか、今はまだわからない。滅多なことはいえない。そのことはおきくにも、すでにいい含めてある。

「なに、知り合いがこの村のことを知っておってな。とても葱《ねぎ》がうまいところだから、常陸に行ったら寄ってみるとよい、といっていたのだ。それで近くまで来たものだから」

「さようですか。確かに、うちの村の葱は名産といえるのかもしれませんね。今では江戸にも出荷しているくらいですから。でも、種まきを終えたばかりですよ」

猜疑《さいぎ》の色が女房の目に宿る。

「あの、そのお知り合いは、なんというお方ですか」

「名を告げてもおぬしは知るまい。旅が大好きで、日《ひ》の本中《もと》を行脚《あんぎゃ》している者だ」

「さようですか。最近は、葱の作り方を知ろうとして、変な人がずいぶんとやってくるものですから……」

「変な人か」

晴れ渡った空を見上げて、直之進は快活《かいかつ》に笑った。

「俺たちは怪しい二人連れに見えるかもしれぬな。だが、青塚村の葱の秘密を探りに来た者ではないし、変な者でもない。ただの旅の者だ。——入ってもよいか」

目で木戸を示して、直之進はきいた。

「はい、もちろんですが、お名をうかがってもよろしいですか」

「むろんかまわぬ」

小さく笑って、直之進は自分たちの名を告げた。

「ついでにどこから来たかもいうておこう」

直之進は、小日向東古川町という地名を口にした。

「では、入らせてもらう」

おきくにうなずきかけ、直之進は木戸をくぐり抜けた。

直之進たちに一礼し、すれ違うように女房も鍬を担ぎ直して歩き出したが、すぐに足を止め、こちらを窺いはじめた。

女房のほうを振り返りはしなかったが、そのことを直之進は気配から知った。見知らぬ者が村にやってくれば、村人が警戒するのは当然のことだ。在所の者が最も嫌うのは、犯罪人が入り込むことである。村人だけで犯罪人を捕らえて叩きのめし、死骸をどこかに埋めるなど、日常のように行われていると聞く。だが、まさかいきなり捕らわれるようなことはあるまい。

「あなたさま」

後ろからおきくが小声で呼びかけてきた。

「どうしてこの村の名産が葱だと知っていたのですか。どこにも葱など生えていませんし、――おとっつぁんから聞いていたのですか」

あたりには種まきがされたあとらしい広々とした畑が見えるだけだ。

「いや、そうではないのだ。実は――」

謙遜《けんそん》でなく直之進は告げた。

「先ほどの女房が着ていた物は決して貧しくないし、この村の家々の造りもなかなかのものだ。これだけ富裕というのは、きっとよく名の知られた農産品があるのではないか、と俺は踏んだのだ。どこか江戸の近在の村に似た雰囲気があるしな。そうしたら、先ほどの女房からかすかに葱のにおいがしてきた。それで、葱が名産でまちがいないと覚った」

「はあ、なるほど。すごいですね」

「大したことではないと思うが、おきく、亭主を見直したか」

「はい、もちろん」

おきくが大きな声で答える。

「あなたさまの頭の巡りのよさだけでなく、鼻のよさにもびっくりいたしました。私は葱のにおいに気づきませんでしたから」

「そうか。おきくは鼻が詰まっているのではないか」

「そうかもしれません。ちょっとむずむずします」

——それにしても、こんなにきれいな村だったのだな。

あたりを見回して、少なからず直之進は驚いている。

各家の庭には色とりどりの花が咲き誇り、目を楽しませてくれる。緑濃《こ》い木々も手入れがされており、飛び回る鳥たちも元気がよい。野良猫たちも肥え、直之進たちが近づいても逃げようとする素振《そぶ》りを見せず、のんびりとした目でこちらを眺めているだけだ。人を恐れていない。きっとたらふく魚を食べさせてもらっているのだろう。

それらが一体となって、村はどこかまったりとした雰囲気を醸《かも》し出している。

「ずいぶん美しいところですね」

歩きつつ、おきくが感嘆したような眼差しをあちらこちらに向けている。

「若かりし頃のおとっつぁんは、こんなにきれいな村を出て、江戸に向かったのですね」

「そういうことになるな。美しいだけでは食べてはいけなかったのかもしれぬ」

「おとっつぁんの若い頃は、もっと貧しい村だったのかもしれませんしね」

直之進とおきくは浜に出て、波打ち際までやってきた。浜は南北に延々と連なっている。いったいどこまで続いているのか、戸惑うほど果てしない。

「九十九里浜《くじゅうくりはま》はどちらになるのでしょう」

思い切り潮風を吸い込んでおきくが問う。

「九十九里浜は上総《かずさ》、下総《しもうさ》にまたがる浜であるから、あちらだな」

体を南に向けて、直之進は指をさした。

以前、捕われの身となった沼里《ぬまざと》藩主又太《また》郎《ろう》を追って、船でこの近くまで来た。あのときは嵐の夜だったが、今は嘘のように静かである。

「おきく、あそこに岬が見えるだろう」

ここからどのくらい離れているか、海に突き出す陸地が見えている。

「犬吠埼《いぬぼうさき》だ」

「ああ、あれがいつぞやの犬吠埼ですか。海の難所と呼ばれているところですね。あなたさまは、あそこがなぜ犬吠埼と呼ばれているか、ご存じですか」

「いや、知らぬ」

くすりとおきくが笑う。我が妻ながら、そのあたりはまだ娘のようでほほえましい。

「あなたさまにも知らないことがあるのですね。——源《みなもとの》義経《よしつね》公には、若丸《わかまる》という愛犬がいました。その若丸があの地に置き去りにされ、主人を恋しがって七日七晩鳴き続けたという伝説から、あの岬には犬吠埼という名がついたと聞いています」

「ほう、初めて聞いたぞ。おきくは博識だな。それにしても、なにゆえ義経公は愛犬を置き去りにしたのだろう。かわいくなかったはずはないが、それが不可解だな。それはともかく、あの犬吠埼の向こう側に伸びる浜が九十九里浜だ。雄大な浜だったが、こちらの浜は九十九里ではすまぬように見えるな」

本当に、とおきくが相槌《あいづち》を打った。

「ところであなたさま、どのあたりで撒《ま》きましょう」

懐に手を入れたおきくが、守り袋に似た布の袋を取り出す。

「そうさな」

いま直之進たちが踏み締めている砂は、きめがひじょうに細かい。草鞋《わらじ》に当たる感じがとても心地よい。

「このあたりでよいのではないか」

足を止め、直之進はあたりを見回した。ここなら村から少し離れており、散骨しても見とがめられることもあるまい。

散骨は、今はほとんど行われていないが、実際には千年以上の歴史があるそうだ。万葉《まんよう》の昔にすでに行われていたことを、直之進は調べてみて初めて知った。

第五十三代の天皇であらせられる淳和《じゅんな》天皇は、実際に散骨をされている。

が、散骨についてなにも知識がない者は、さすがにいやがるのではないか。だから、できるだけ人目につかない場所を直之進たちは、はなから選ぶつもりでいた。

「あなたさまからどうぞ」

おきくが袋を差し出してきた。かたじけない、と袋を手に取り、直之進は中から一つの骨を取りだした。

小さな骨をじっと見る。

やはり骨太だったのだな。

小さい骨なのに、たっぷり中身が詰まっている感じがあるのだ。

固太《かたぶと》りだった光右衛門の体つきを、直之進は思い出した。それだけで、また涙が出そうになった。

光右衛門の遺骸を荼毘に付したあと、菩提寺《ぼだいじ》の得明寺にほとんどの遺骨はおさめられた。故郷の海に散骨するため、その一部を入れた袋を所持して、直之進とおきくはここまでやってきたのである。

「よし、撒くぞ」

おきくにいい、直之進は口の中で経を唱えた。それから、静かに打ち寄せる波に向かい、両手でそっと投げ入れた。骨はしばらく砂の上で波にもてあそばれていたが、大きな波が寄せてきた次の瞬間、消え失せていた。

光右衛門が本当にあの世に行ったような心持ちになった。

舅どの、さらばだ。直之進は心中で伝えた。本当に区切りがついたような気がした。やはり故郷での散骨を、光右衛門は心から望んでいたのではないか。

「そなたも」

目に涙をたたえて波打ち際を見つめているおきくに、直之進は袋を手渡した。袋に残ったいくつかの骨を取り出して、おきくも経を口にした。それからしゃがみ込み、魚を海に返すように手のひらを波に浸《ひた》した。

足首が浸《つ》かるような波が来て、おきくの手のひらから骨をさらっていった。しばらく身じろぎ一つせずにいたが、踏ん切りをつけるかのようにおきくが立ち上がった。袋を逆さまにし、すべての骨片を海に戻す。

「おとっつぁん、さよなら。――おとっつぁん、喜んでくれているかしら」

おきくは、どこかすっきりとした顔をしている。

「喜んでいるさ。なにしろ舅どののたっての願いだったからな。俺には舅どのの笑顔が見えている」

祝言の場で突然倒れ、光右衛門はすぐさま運び込まれた米田屋の自室で息を引き取った。その寸前、光右衛門はかっと目を大きく見開き、直之進の腕をがしっとつかんだのである。その力は若者のようだった。

——湯瀬さ、さま。て、手前の骨を故郷の海に撒いてください。

必死の表情で光右衛門はささやいたのだ。ささやきに聞こえただけで、あのときの光右衛門は、精一杯の力を振りしぼっていたのかもしれない。

光右衛門の最期を思い出したら、またも目に涙がにじんだ。直之進はそれを静かにぬぐい取った。

「よし、戻ろうか」

優しくいうと、新妻はこくりとうなずいた。

浜を離れ、二人は再び村に入った。

「あとは、この村にある顕栄寺《けんえいじ》というお寺へ行けばよいのですね」

「そうだ。どこかな。ここまで来るのに寺らしい建物は見当たらなかったが」

「あれでしょうか」

ふと目をとめ、おきくが指さす。直之進はそちらを見つめた。

眺めのよさそうな高台に寺が望める。顔を上げ、そうとう長い石段がついているのは、疑いようがない。見上げるようなあの位置なら、二百段では利かないのではあるまいか。

見回しても、ほかに寺らしいものは見えない。あれが、光右衛門がいっていた顕栄寺でまずまちがいあるまい。

――さて、おきくは大丈夫だろうか。

直之進の気遣う目に気づいて、おきくがにこりとした。

「私のことならお気遣いなく。あのくらいの高さなら、楽々登れます」

「楽々か。それは頼もしいな」

下で待っているようにいったところで、おきくは聞かないだろう。

「では、おきく、行くぞ。覚悟を決めたほうがいい。だが、本当に疲れて動けなくなったら、遠慮なくいうのだぞ。おぶってやろう」

「おぶっていただけるのですか。それは楽しみです」

両手を合わせておきくが顔をほころばせる。

村の木戸を出て、顕栄寺と思える寺に向かった。

直之進とおきくは小高い丘の真下に来た。ちんまりとした山門があり、そこには『蒼餅山《そうへいざん》顕栄寺』と墨書《ぼくしょ》された扁額がかかっていた。

「ここがやはりそうだったな。石段を上がる前にわかってよかった。上がってみて、ちがうなんてことになったら大変だ」

なにしろ、山門を入ってすぐ先に、そびえ立つような石段が延々と続いているのだ。

山門をくぐり抜けたおきくが目を丸くして、上を眺めている。

「まるで崖《がけ》を登るようなものですね。上のほうが霞《かす》んで見えますよ」

「本当だな。三百段は優にありそうだ。おきく、今からおぶってやろう」

いいえ、とおきくがかぶりを振った。

「行けるところまで自分の力で行ってみます。もし途中で困ったら、そのときにお願いします」

きっぱりといって、よいですか、とたずねるような目でおきくが見つめてきた。

「よし、承知した」

力強く答えて、直之進はおきくにうなずいてみせた。ではまいるぞ、といって足を踏み出す。

最初の五十段ほどまでは、おきくもまずまず元気がよかった。だが、徐々に遅れはじめ、百段を超える頃には足がほとんど動かなくなっていた。息づかいも、ひどく荒いものになっている。今にも倒れそうだ。石段に手をついて這《は》うようにしても、登れなくなっている。

「おきく、おぶされ」

石段の上にかがみ込み、直之進はおきくに背中を見せた。

「あなたさま、大丈夫ですか。まだあんなにあるのに」

おきくのいう通り、まだ二百段近い石段が残っている。

頬をゆるませて直之進はほほえんだ。

「鍛え方がちがう。そなたの亭主はそんな柔《やわ》ではない。それに、こういうときにかわいい女房を助けられぬで、なんの亭主か。よいか、おきく、俺の両肩にしっかりとしがみつくのだぞ」

「わ、わかりました」

すぐに背中に重みがかかったが、直之進にとって大したことではない。軽々と持ち上げた。きゃっ、とおきくが声を上げる。

「怖いか」

「はい、少し……」

「怖がることはない。決してそなたを落とすようなことはせぬ。ただし、下を見ぬほうがよいな」

「わかりました。私はあなたさまを信じていますが、でも——」

「ならば、目をつぶっておればよい」

わかりました、といっておきくが素直に目を閉じたのが知れた。

一歩一歩、踏み締めるように直之進は上がっていった。

あの、とおきくがきいてきた。

「この寺のことを、おとっつぁんがいったのは、いつのことです」

「もう三月《みつき》ばかり前になろうか。遺言状の隠し場所を舅どのが俺に教えてくれた、そのときだ。そなたにずっと黙っていたのは、舅どのに口止めされたからだ。俺は琢ノ介にも話しておらぬ」

「さようでしたか」

こわごわとおきくが目を開けたのが、気配からわかった。

「おとっつぁんの遺言状が、この寺にあるのですね」

「そういうことだ。俺たちはそのために来たのだからな。境内《けいだい》には、舅どのの家人や先祖の墓があるらしい」

「そうなのですか。では、ここはおとっつぁんの故郷の菩提寺なのですね。菩提寺もあったというのに、どうしておとっつぁんはこの美しい村を出たのかしら」

なにか理由があったのはまちがいない。

そのことは、顕栄寺の住職に聞けばわかるのではないだろうか。なにしろ、光右衛門が遺言状を託した相手なのだから。なにか知っているに相違あるまい。

上を見て登ると疲れるだけだから、直之進は目の前の石段を一つずつ確実に上がることだけを心がけた。膝がぎしぎしいっているような気がするが、痛みはなにもない。

さすがにあとわずかばかりの段数を残すところに来て、つい上を見てしまった。案の定、十段ほどしか余していない。これならば、と一気に駆け上がりたい衝動《しょうどう》に駆《か》られた。だが、背中のおきくを怖がらせるわけにはいかぬ、と最後までゆっくりと登った。

「よし、着いたぞ」

境内に入った途端、涼しい風が吹き抜けていった。気持ちがいいな。直之進は生き返る気分だ。

「あなたさま、下ろしてください」

「おう、そうであったな」

しゃがみ込み、直之進はおきくを背中から下ろした。重みが消え失せ、さすがに体が楽になった。

「ああ、長かった」

思い切り伸びをし、おきくが心配そうな眼差しを注いでくる。

「あなたさま、大丈夫ですか。どこか痛めてはいませんか」

「なに、なんということはない。どこも痛くないぞ」

「それはよかった」

ほほえんで、おきくがうっとりしたような顔になる。

「あなたさまの背中はとても広くて、私、途中からとても安心できました」

「そうか、広かったか。そういわれると、男はうれしいものだな」

右手に納所《なつしょ》らしい建物があるのを、直之進は認めた。正面には、小さいが、なかなか由緒《ゆいしょ》がありそうな本堂が建っている。

納所の受付のところで、村人らしき者が寺の者と話をしているのが見えた。直之進とおきくはそちらに歩み寄った。

村人らしき者は、直之進たちに気づくと軽く頭を下げて横にどいた。

「お疲れさまでございます」

受付から明るい声を投げてきたのは、寺男らしい若者である。

「ご参詣ですか」

「うむ、そうだ」

住職に会う前に、まずは墓参りをしようと思っている。

「どちらにお参りなされますか」

「以前、この村に住んでいた光右衛門という者の家人や一族の墓だ」

えっ、という驚きの声が聞こえ、直之進はそちらに顔を向けた。声を発したのは、先ほどまで寺男と話していた村人らしき男である。驚愕《きようがく》の色を顔に貼りつけて、血が噴き出しそうな目で直之進たちを見ている。

「あの、なにか」

一歩踏み出して、おきくが不思議そうにきいた。

「い、いんや――」

首を横に振ると、男は足早にその場を去り、石段を降りていった。その姿はあっという間に見えなくなった。

「今のはどなたかな」

顔を寺男に戻し、直之進はたずねた。

「はい、青塚村のお方で、太守吉《たもきち》さんとおっしゃいますが……」

なにをあんなに驚いていたのだろう、と直之進はいぶかった。太守吉という男は、光右衛門の名を耳にして、なにかしら仰天したように見えた。歳の頃は六十前後といったところか。光右衛門と似たような歳だろう。

もしや、光右衛門が村を出た理由を知っているのではあるまいか。

とにかく、先に墓参りを済ませなければならない。直之進たちは墓に向かって歩きはじめた。草が刈り取られた狭い道を、寺男が先導する。

「足元に注意してくださいね。なにしろ、大きな穴がそこら中に開いていますから。夜に墓場に来て穴に落ちて、それっきり見つからなかった、ということも昔は少なからずあったそうですよ」

「それは怖いな」

土中に生き埋めになるということだ。

「ええ、本当に怖いですね。——さあ、こちらですよ」

小さな墓が群れのようにいくつも立っている。ここが高い位置にあるせいか、風が吹き渡り、手が届きそうな上空を雲が流れてゆくのが見える。断崖の際に墓はあった。

これが舅どのの家人や一族の墓か、と直之進は感慨深かった。これまで光右衛門とは浅からぬ因縁があり、それがために自分はここまで足を運ぶことになったのだ。ここに眠る者たちとも、無関係のはずがないのである。

手を合わせ、直之進たちは瞑目《めいもく》した。直之進は光右衛門の冥福《めいふく》を祈った。ここにも骨を少し撒けばよかったか、と思った。そうすれば、光右衛門も寂しくないのではないか。いや、それはきっといいのだろう。骨を海に撒いたときに脳裏にあらわれた光右衛門の満足そうな顔。あれでよかったのだ。

「よし、そろそろ行くか」

直之進はおきくにいい、先ほど来た道を戻りはじめた。

「おとっつぁんのおとっつぁん、つまり私の祖父は、青塚村のお百姓で、塩売りもしていたそうです」

歩きながらおきくが話す。

「おとっつぁんはこの村で生まれ、三男坊だったと聞きました」

「三男坊か。俺も聞いた覚えがある」

「私のおじいちゃん、おばあちゃんだけでなく、おとっつぁんの兄弟も、もうこの世にいないのではないか。そのことは、なんとなく知っていました。みんな早くに世を去ったのではないか、と私はおとっつぁんの話の端々から感じ取っていましたから」

納所まで戻ったところで、直之進は寺男に向き直った。

「ご住職の報円《ほうえん》和尚にお目にかかりたいのだが」

それを聞いて、すぐに寺男が腰を曲げた。

「まことに申し訳ないのでございますが、ご住職はただいま法事で外に出ておられます」

「他出されているのか。いつ戻られる」

「戻りは夕刻ということになっております」

刻限は、午前の四つにもなっていない。報円の帰りまでこの寺でずっと過ごすのは、少しつらいものがある。

どこかでときを潰さなければならないが、どうすればよいか。

「あの、ご住職になにか御用なのですか」

直之進とおきくを交互に見て、寺男がきいてきた。

「こちらのご住職に、預かってもらっている物があるはずなのだ」

「ご住職が預かっておられるのですか。あの、お名をうかがってもよろしいですか」

それまで寺男に名を伝えていなかったことを直之進は思い出した。すぐさま自分たちの名を告げた。

「それで、湯瀬さまとご内儀は、今宵はどうされるのですか。今日これから江戸にお戻りですか」

「いや、今宵は鹿島宿に宿を取るつもりでいる。明日の朝、江戸へと出立する」

「鹿島宿にお泊まりでしたら、旅籠の香田島屋《かたじまや》に投宿なさってはいかがですか。とても評判のよいお宿ですので」

「その香田島屋にご住職が訪ねてきてくださるというのか」

そうではないか、と覚って直之進はきいた。

「おそらく、そうなさるのではと思います」

「だが、ここからだと鹿島宿までかなりあるが」

「ちょうど今夜、鹿島の檀家に行かれる予定がおありでございますから」

「そうなのか。それはちょうどよかった。では、よろしくご住職にお伝えあれ」

寺男に礼をいって、顕栄寺の境内を出る。苔《こけ》むした長い石段を下りきり、ほっと一息ついたとき、直之進たちに声をかけてきた者がいた。

「おい、あんたら」

声の主は、先ほど納所にいた男である。

それにしても、ずいぶん乱暴な呼び方をするものだ。

「はて、なにかな」

おきくをかばうように直之進は男の前に立った。

ややひるんだような顔つきになったが、男は自らに気合を入れたようだ。

「あんたら、光右衛門のなんだ。血縁か」

「その前におぬしこそ何者だ。青塚村の太守吉という者であるとは聞いたが」

まさか名を知られていると思っていなかったらしく、太守吉がうっ、となって唇を噛み締めた。

「いいか、よう聞けや。光右衛門は人殺しだ。人を殺したから、やつは村を出たんだ」

「いきなりなにをいう。どういうことだ」

直之進は動揺を抑え込み、詳しい話を聞こうと足を踏み出した。それを見て、太守吉はおびえたように体を返し、さっと走り出した。

「待てっ」

直之進はすぐさま追い駆けはじめたが、六十に手が届こうかというのに男の足は速かった。すぐに姿は林の陰に隠れて見えなくなった。

直之進は十歩ばかり走ったところで足を止めた。おきくのところに戻る。

「今のはいったい……」

呆然としておきくがつぶやく。

「おとっつぁんが人を殺した……」

——嘘だ。

直之進は強く思った。

光右衛門に限って、人を殺《あや》めるような真似をするわけがないではないか。

三

——人殺し。

どう考えても、あの光右衛門が人を殺すはずがない。そぐわない。

百歩譲って、もし人を殺したとしても、罪を償《つぐな》わないはずがない。逃げるという真似は決してしない男なのだ。

　茶托《ちゃたく》から湯飲みを取り、直之進は茶を喫《きっ》した。香田島屋の番頭がいれてくれた茶だが、すっかり冷めている。

「あの太守吉という人がいったのは、いったいどういうことなのでしょうか」

　おきくの茶も、もう冷たくなっている。疲れ切ったような顔つきのおきくは、一口も飲んでいない。

「太守吉という男の言葉が真っ赤な嘘だと切り捨てるのはたやすいが、なにかしらの事情があるのはまちがいない。——おきく」

　呼びかけて、直之進は妻の顔をじっと見た。

「人殺しという言葉を聞き、ずっと考え続けてきたが、俺が最初に気づいたことは、自分は舅どののことをほとんど知らぬということだった」

　それを聞き、おきくが小首をかしげる。

「あなたさま、おとっつぁんのどのようなことをお知りになりたいのですか」

　そうさな、と直之進はつぶやいた。

「舅どのは、どうしてこの村を出たのだろう。舅どのが人殺し呼ばわりされる裏に、なにかあるのだろうか、もっともそのことはおきくが一番に知りたいことだったな」

湯飲みを茶托に戻し、直之進は軽く息をついた。

「舅どのが東古川町で口入屋《くちいれや》をはじめたのはいつのことだ」

「米田屋をはじめたのは、おとっつぁんが二十七のときだと聞いています」

「江戸に出てから、どこかよその口入屋で修業《しゅぎょう》していたのであろうな。舅どのと出会って間もない頃にな、江戸で暮らす親父を見習って塩の行商をはじめたと聞いた覚えがある。親父どのと一緒に暮らしていたのだろうか」

「おとっつぁんは、若い頃のことはあまり話したがらなかったのです。それは人を殺したせいなのでしょうか」

「いや、ちがう」

直之進は断言した。

「どんなことがあっても、舅どのは人を殺めるような人ではない」

「そうですよね」

力づけられたという顔で、おきくが直之進に熱い目を注ぐ。

「私がおとっつぁんのことを信じてあげなくて、誰が信じるというのでしょう」

「俺ももちろん信じているぞ」

「はい、よくわかっています」

ところで、と直之進は問いかけた。

「おきくたちの母親は、なんという名だったのかな」

「えっ」

意外そうにおきくが目をみはる。

「ご存じなかったのですか」

「うむ。祝言の前には聞いておこうと思っていたのだが」

「聞きそびれたのですね。私たちのおっかさんは、おはるといいました」

おはるどのか。その名を直之進は胸に刻み込んだ。おきくを産んでくれた女性《にょしょう》である。感謝してもしきれない。

「おとっつぁんがおっかさんと一緒になったのは、三十五のときと聞いています」

女が少ない江戸では、町人の晩婚は少なくない。

「そのとき義母上《ははうえ》はいくつだった」

「おとっつぁんより、十二も歳下だったそうです。ですから、二十三ですね」

「そうか。ずいぶん歳が離れているな」

「一緒になって二年後、おとっつぁんが三十七のとき、姉が生まれたそうです」

「それがおあきどのだな」

「それから三年後に、私たち双子が生まれました」

「舅どのと義母上が一緒になったきっかけはなにか、おきくは知っているか」

いわれておきくが小首をかしげる。

「店に、嫁求むと出したら、おっかさんが訪ねてきてくれたなどとおとっつぁんはいっていましたが、本当かどうか」

畳に目を落とし、おきくが沈思《ちんし》する。

「いま考えてみれば、一緒になったきっかけは私たちにはいえない理由があったのかもしれません」

好き合った男女が一緒になった理由ならば、子供には嬉々《きき》として話しそうだが、光右衛門たちはそのような真似はしなかったのだ。

どういうことだろう、と直之進も頭を巡らせてみたが、答えが出るはずもなかった。

風呂に浸かって夕餉《ゆうげ》を終え、なんとなく一日の疲れを覚えた頃、直之進たちに来客があった。

　香田島屋にあらわれたのは、顕栄寺の住職の報円である。地味な袈裟をまとっている。

　歳の頃は六十代半ばか。肩幅が広く、がっしりとした体格にいかつい顔がのって、どこか昔の僧兵を思わせる。

　声は低くて重々しく、毎朝の読経を欠かしていないのが、よくわかる人物である。

「お休みのところ、まことに申し訳ない」

「いえ、とんでもない。ご住職をお待ちもうしておりました」

　直之進たちは部屋で報円と対面した。

「湯瀬さまとおきくさんとおっしゃいましたな。米田屋光右衛門さんのご家人ということで、まちがいありませんな」

　念のためなのか、報円が確かめてきた。

「まちがいありませぬ」

　胸を張って直之進は答えた。

「米田屋光右衛門は、我が舅に当たる者です」

「さようですか。では、湯瀬さまはこちらのおきくさんと一緒になられたのですな」

「そういうことになります」

「それはよかった」

ほがらかな笑みを報円が見せる。だが、一転、すぐさま眉を曇らせた。

「湯瀬さまがこちらにいらしたということは、米田屋さんはもしや……」

「はい、亡くなりました」

おきくが伝えると、うぅ、と報円が嗚咽を漏らした。またた、と直之進は思った。東古川町の得明寺の住職の衛良と同じである。

「なんとも残念なことです。米田屋さんは、とてもよいお方でした。当寺のために、これまで多大な御布施《おふせ》を頂戴しておりました」

そうだったのか、と直之進は今さらながら気づいた。得明寺に援助をしておいて、顕栄寺にしないということは、光右衛門としてはあり得ぬことだ。

「当寺がこれまでなんとかやってこられたのは、米田屋さんのおかげです」

衛良とまったく同様の言葉である。

袈裟に包んだ身をよじるように、報円はしばらくさめざめと泣き続けていた。

「申し訳ありません」

顔を上げ、直之進とおきくに謝った。

「御仏に仕える身でありながら、涙もろくてな。泣いたら次から次に悲しみが押し寄せてきました。申し訳ありません」

報円はもう一度謝り、頭を下げた。

「これを湯瀬さまにお渡しいたします」

袈裟に手を入れ、報円が油紙に包まれた一通の書状を取り出した。

「米田屋さんから預かっていた遺言状です」

差し出されたそれを直之進は受け取った。

「三月《みつき》ばかり前、湯瀬直之進という者が訪ねてきたら、渡してほしいと文がきましてな」

「つまり、舅どのはそれがしを名指ししたということですね」

「ええ、さようです」

舅どのは少なくとも一度は自ら顕栄寺に赴き、報円和尚にじかに遺言状を手渡したにちがいない。

「舅どのは、いつこの遺言状をご住職に託したのですか」

不思議に思って直之進はただした。

「二年ばかり前です」

「ああ、そういえば――」

横からおきくが声を上げた。

「あなたさまと知り合ったばかりのことです。あれは今から二年ほど前でしょうか。おとっつぁんは四、五日のあいだ旅に出たことがありました。そのときに青塚村に来たのではないでしょうか」

「きっとその通りでしょう」

報円によると、光右衛門は確かに村にやってきたとのことだ。

「ただし、村人に会うのを恐れるかのように、そそくさと去っていかれました」

二年前か、と直之進は考えにふけった。もしかすると、光右衛門はその頃からもう体の不調を感じていたのかもしれない。だからこそ遺言状をしたためたのではないか。

そんなことには一切、気づかなかった。自らの不明を直之進は恥じるしかない。

「中をあらためてもよろしいですか」

直之進は報円に申し出た。

「もちろんですよ。それはもう湯瀬さまのものですからね」

「では——」

紐を切り、油紙を外した。

一礼して直之進は遺言状を開けた。行灯《あんどん》のそばににじり寄り、じっと目を落とす。

遺言状には、おみわという女性を捜してほしいとまず記してあった。

おみわは、恩人である磐井屋《いわいや》の主人の一人娘だという。磐井屋は、若かりし頃の光右衛門が修業していた口入屋とのことだ。

おみわは、光右衛門が遺言状をしたためた二年前の時点で二十八だそうで、今は三十になっている。

この遺言状によれば、光右衛門はおみわに生き写しの女の子を二年前に見かけたのだそうだ。隅田川の白鬚《しらひげ》の渡し船に乗っているところを目の当たりにしたとある。歳は五つくらいだった。

あれは、まちがいなくおみわの娘だろう。自分は磐井屋に不義理をしてしまった。自分もおみわを捜すつもりだが、この遺言状が開かれたとき、この世に自分はいないだろう。もし、おみわとその娘の消息がつかめたら、この遺言状を破棄してくれるように報円和尚に頼むつもりでいるとあった。おみわとその娘を捜してもらいたい。おみわとその娘が幸せなのか、なんとしても確かめてほしい。もし不幸せだったら、援助の手を差し伸べてほしい。

そのような意味のことが、丁寧な筆で綴《つづ》られていた。

それにしても、不義理とはいったいなんだろう、と直之進は眉をひそめて思案した。青塚村をあとにした光右衛門は江戸に出て、磐井屋という店に住み込み、口入れ稼業の修業をしたのだろう。

「では、拙僧はこれにて失礼いたします」

頭を下げて、報円が腰を上げようとした。

「ご住職、お忙しいとは思いますが、しばしお待ちください」

右手を上げて、直之進は報円を制した。はあ、と報円が座り直す。

「今日、それがしどもは、青塚村の太守吉という者から、光右衛門は人殺しだ、といわれました」

直之進の言葉を聞いても、報円はさしたる驚きを見せなかった。

「さようでしたか。そのことなら、拙僧も噂《うわさ》を聞いたことがあります」

「噂ですか」

これはおきくが口にした。

「さようです。でも、光右衛門さんが人を殺したなどということは、決してないのですよ」

報円が断ずるようにいった。当たり前だな、と直之進は思った。おきくも同じだろう。ただし、口を挟《はさ》むことなく、直之進とおきくは報円の話の続きを待った。

「青塚村の近在の村に、とある塩問屋がありました。いや、今もちゃんとあります。潰れてなどおりません。店の名は出せませんが、四十年以上も前のある日、その塩問屋の一人娘がはらんでいるのが、明るみに出ました」

「その娘は未婚だったのですね」

わかりきっていたことだったが、直之進は確認した。

「その通りです。いったい誰が腹の子の父親なのか、娘は頑《がん》として口にしませんでした。その後、その娘は産み月近くになって流産し、腹の子ともども亡くなりました」

「それは気の毒に」

思いやりの目でおきくが報円を見る。

「ただ、その直後、光右衛門さんが父親だったのではないか、という噂が立ったのです。その噂がこの界隈《かいわい》の村々に広がったあと、光右衛門さんは逃げるように青塚村を去ったのです。光右衛門さんがまだ十七のときでした」

「そういうことがあったから、あの太守吉という男は、塩問屋の娘を殺したのは舅どのだと思っているのか」

眉根を盛り上がらせて直之進は軽く首を振った。怒りがたぎってきた。

だが、すぐに直之進は腹立ちを抑えた。ここは冷静に考えねばならない。

はらました娘が死に、その父親が自分ではないか、という疑いがかかったからといって、光右衛門がこの村を逃げ出すものだろうか。

いや、そんなことはまずしないのではないか。もし覚えがあれば、光右衛門なら逃げたりせず、堂々と責任を取るはずだ。

ということは、父親ではないのだろう。

だが、それならば、どうして光右衛門は村を逃げるように離れたのか。

なにかわけがあったにちがいないが、今となっては確かめようがない。

「ご住職はどうお考えですか」

報円をまっすぐに見て、おきくがきく。眉根にしわを寄せ、報円が難しい顔をする。

「正直なところ、昔そのような噂が立ったことを知っているだけで、拙僧にはなんとも申し上げようがありません。ただ、仮に光右衛門さんが父親とした場合、身分ちがいは明らかでした。失礼ながら水呑百姓《みずのみびやくしよう》も同然の家の三男坊と、富裕な塩問屋の娘では釣り合いようがありません。しかし、そのことに真っ向から向き合わずに逃げてしまうというのは、光右衛門さんらしくありませんね」

うんうんと何度かうなずいたのち、報円が直之進とおきくを見る。

「――わかりました。拙僧なりにこの一件、詳しく調べてみることにいたしましょう。なにかわかりましたら、必ずお知らせします。江戸に知らせればよろしいですか」

「もちろんです。ご住職、どうか、よろしくお願いいたします」

直之進とおきくは、そろって畳に両手をついた。

「そういえば――」

不意に報円が僧侶らしくない大声を出した。照れたように咳払いをする。

「失礼いたしました。――若かりし頃の光右衛門さんととても親しくしていた男の人が一人おります。その人に聞けば、なにかわかるかもしれません」

「その人は青塚村に住んでいるのですか」

「いいえ、隣村の鷹岡村《たかおかむら》に住んでいらっしゃいます。参天屋《さんてんや》さんという乾物《かんぶつ》問屋のあるじで、菊左衛門《きくざえもん》さんとおっしゃいます」

「おとっつぁんと親しかったのなら、菊左衛門さんに亡くなったことをお知らせしておいたほうが、よろしいのではないでしょうか」

わずかに身を乗り出して、おきくが自らの考えを述べる。

「そうされたほうがいいかもしれませんね。湯瀬さまたちも、光右衛門さんのことをじかに聞かれたほうがよろしいでしょうし」

その言葉を受けて、直之進はおきくに目をやった。目に深い色をたたえ、おきくがうなずきを返してきた。


夜明けを待った。

空が白々《しらじら》としてきた。今がまさに明け六つである。

今日も昨日と同様に天気はいいようだ。空に雲はほとんどかかっていない。少し冷えているようではあるが、身を震わせるほどではない。風は穏やかに吹いている。

「よし、おきく、行くか」

おきくにいい、直之進は歩き出した。行ってらっしゃいませ、と香田島屋の奉公人が宿の前に勢ぞろいして見送ってくれる。

「よい宿であったな」

宿から半町ほど離れたのを見計らい、後ろを歩くおきくに直之進は語りかけた。

「はい、本当に。食事もおいしかったし、布団もよく日に当てられていました。お風呂の湯もきれいで、とても気持ちよかった」

「あのような宿は稀《まれ》だ。とにかく、ひどい宿が多いからな」

以前、旅の途中で泊まった宿を直之進は思い出した。

「部屋は蚤《のみ》だらけ、布団はいつ干したか知れず、食事はなにを食べさせられているのか戸惑うほどにまずく、風呂の湯もいつ替えたのかもわからぬ。それでも、まだ風呂に入れるのならよいが、もう刻限が遅いからと入れてもらえぬこともあった」

「それはまたひどい宿があったものですね」

声に同情をにじませて、おきくがいう。

「泊まり客が心地よく過ごせるよう気を配る旅籠《はたご》もようやく増えてきているらしいが、まだまだ少ない。泊まり客は所詮《しょせん》、一見《いちげん》の客でしかないとの思いが、宿から抜けぬのであろうな」

日が昇り、春も終わろうとする東の空はつややかな橙《だいだい》色《いろ》に染められた。木々の枝がゆったりと風に吹かれ、その影が直之進たちの足元で揺れる。行きかう者のほとんどない飯沼街道を、直之進とおきくは二人で歩いた。今日も相変わらず潮の香りが濃い。

「あなたさま」

少し息せき切った感じで、おきくが呼びかけてきた。

「おみわという女性のことをどう思いますか」

ちらりと振り向き、直之進はおきくの顔色を見やった。悪いというほどではないが、一晩寝たくらいでは昨日の疲れが抜けていないのか、どことなく冴えない感じがある。

気をつけてやらねば、と直之進は歩調を少しゆるめた。

「おみわという人については、気になってならぬ。なにしろ、舅どのが遺言状に記したほどの女性《にょしょう》だ。どれだけ大事なことか。一刻も早く江戸に帰り、捜し出したいと思っている」

「私には一つ疑問があります」

その疑問について直之進はすでに見当がついていたが、黙っておきくの言葉を待った。

「なぜおとっつぁんは生前、あなたさまや義兄上におみわさん捜しを頼まなかったのでしょうか」

「確かにその通りだな。おみわさんに生き写しの娘を見かけたときに、琢ノ介や俺に頼めば遺言状に記すまでもなかったような気がする。ふむ、生前は、なにか頼みにくいわけがあったのかもしれぬな」

「どんなわけでしょう」

「さすがにそれはわからぬ。江戸でおみわさん捜しをすることで、きっとはっきりしよう」

太陽が徐々に高さを上げはじめた頃、直之進とおきくは再び青塚村の浜に立った。

海に射し込む光が、金色の条《すじ》をつくり上げている。黄泉《よみ》の国というのは、この先にあるのではないか。そう思えるくらい、眼前の光景は美しい。不意に身震いが出て、直之進の目からまた新たな涙がこぼれた。

横を見やると、同じようにおきくが涙を流していた。


その後、直之進とおきくは鷹岡村に足を運んだ。すぐに参天屋の場所は知れた。海に最も近い場所にある大きな家で、よく目立っていた。

鷹岡村は二十を超えるほどの戸数しかなく、どこかうらぶれた感じが覆っている。こんなに寂しげな場所で商売が成り立つのかと直之進は危ぶんだが、ここを根城《ねじろ》にさまざまな場所に得意先を持っていれば、なんの問題もないことにすぐに気づいた。別に、店で乾物の小売りをしているわけではないのだろう。

間口は十間ほどあり、暖簾《のれん》は紐でがっちりと固定されていた。海沿いで風が強いためにこういうことをしているのだろう。人の出入りはほとんどない。

暖簾をくぐり、失礼する、といって直之進は横に長い土間に立った。店の中は薄暗く、かすかに乾物の生臭さが漂《ただよ》っている。目の前は二十畳ほどの広間になっているが、商談をしている奉公人は一人もおらず、がらんとしていた。

「ああ、いらっしゃいませ」

帳場格子《ちょうばごうし》を回って、奥から番頭らしき男が出てきた。畳の上に膝をそろえて正座する。旅姿の直之進たちを見る目が、少し怪訝そうだ。

「あの、どのような御用でございますか。うちは小売りはしていないのですが」

「乾物がほしくて、立ち寄ったわけではない。それがしは湯瀬直之進と申す。これは、連れ合いのおきく。――あるじの菊左衛門どのにお目にかかりたい」

「旦那さまにでございますか。あの、どのような御用でございましょう」

「青塚村にいた光右衛門のことで話がしたい」

番頭は聞いたことのない名らしく、少し戸惑った表情になった。

「それは、どなたのことでございましょう」

「とにかくあるじに取り次いでくれぬか。あるじはすぐにわかるはずだ」

「さようでございますか。承知いたしました。しばらくお待ちくださいませ」

辞儀《じぎ》をして立ち上がった番頭が奥の暖簾を払って姿を消した。

それからが長かった。番頭はなかなか戻ってこない。

青塚村の光右衛門という名を出したのがまずかったのだろうか。

だが、ほかにどんな手立てがあっただろうか。光右衛門と親しかった友垣《ともがき》なら、すぐに会ってくれるはずと直之進は踏んだのだ。だが、これはどうやら心算《しんさん》が狂ったようだ。

熱い茶がすっかり冷めるほどの時が経過したのち、ようやく番頭が戻ってきた。

「大変お待たせしてしまい、まことに申し訳ございません。あるじがお目にかかるそうでございます。どうぞ、お上がりください」

その言葉に直之進たちは素直にしたがった。

廊下を渡り、掃除の行き届いた座敷に落ち着いた。ここには乾物の生臭さは漂ってこない。

出された茶を喫していると、襖の向こうに人の気配がした。主人の菊左衛門だろう。

だが、すぐには座敷に入ってこなかった。どこか逡巡《しゅんじゅん》しているような気を直之進は感じ取った。あるいは、直之進たちを奥に通したことを悔いているのかもしれない。

「失礼します」

意を決したのか、硬い口調とともに襖が開き、一人の男が入ってきた。歳は六十前後だろうか、顔がつやつやし、いかにもうまいものばかりを食しているという風情を漂わせている。

「お待たせいたしました。手前があるじの菊左衛門でございます」

直之進たちの前に座り、菊左衛門が両手を畳についた。直之進たちは改めて名乗った。

「それで青塚村におられた光右衛門さんのことでいらしたとか」

背筋を伸ばした菊左衛門が水を向けてきた。小心そうな顔をしており、悪いことはできそうにない男に見えた。ぎょろりとした目をしているが、どこか落ち着かない様子である。

「ご主人は、若かりし頃の光右衛門と親しかったそうだな」

直之進はずばりときいた。

「ええ、親しくさせていただきました。ただし、それはもう四十年以上も前の話でございますよ。あの、お二人は光右衛門さんとはどのようなご関係でございますか」

「こちらのおきくは実の娘だ。それがしはその連れ合いだ」

「ああ、さようにございましたか」

目をみはり、菊左衛門がおきくをしげしげと見る。

「申し訳ありませんが、あまり面影は感じられませんな」

「はい、おとっつぁんとはあまり似ていなかったものですから」

その言葉を聞き、菊左衛門が、おや、という顔つきになった。

「おきくさん、いま似ていなかった、とおっしゃいましたか」

はい、とおきくがうなずいた。

「おとっつぁんは亡くなりました」

「ええっ」

のけぞるように菊左衛門が驚く。腰がわずかに浮いていた。

「な、なぜ。いつのことですか」

死因といつ死んだか、おきくが告げた。

「さようですか。胃の腑《ふ》にしこりが……」

菊左衛門の目に涙が浮かび、ぽたりと畳に落ちた。

「光右衛門さんに最後に会ったのはもう四十年以上も前のことです。一度、会いたかった。どうして会わなかったんだろう」

最後の言葉は、自分に向けてのものだ。しばらくのあいだ菊左衛門の涙は止まらなかった。

「──菊左衛門どの」

ようやく気持ちが落ち着いた様子を見て、直之進は塩問屋の娘の一件をきいた。

「えっ、そ、それは」

菊左衛門が苦渋《くじゅう》の色を浮かべた。ただそれだけで、なにもいわなかった。

塩問屋の娘の一件は気になる。

だが、もう江戸に戻らなければならない。鹿島から船が出る刻限が迫っている。

参天屋を辞し、直之進たちは再び飯沼街道を歩いた。

鹿島から利根川《とねがわ》を上流に向かう船に乗り、布佐《ふさ》で降り、魚が運ばれることでその名がある生街道《なまかいどう》と呼ばれる道を松戸《まつど》へ向かう。そこから西へ進み、直之進たちは江戸に入った。

鹿島を出て、すでに二日目の夕刻になっている。

いったいどこからあふれ出てきたのかと、江戸の町の人の多さに圧倒されたが、その喧噪《けんそう》がひどく懐《なつ》かしく感じられた。

小日向東古川町に足を踏み入れる。

米田屋は、光右衛門の生前といささかも変わらず、暖簾を掲げていた。

中に入らずとも、すでに日常を取り戻しつつあるのがわかった。

いつまでも光右衛門の死を悲しんでばかりはいられない。生きている者は前に進んでいかねばならないのだ。

「ただいま戻った」

声を張り上げて、直之進は土間に入り込んだ。ただいま、とおきくも声をそろえた。

「おう、直之進、おきく、戻ったか」

板敷きの小上がりにいた琢ノ介が立ち上がり、満面の笑みで出迎えた。

「よく無事で帰った」

「常陸も意外に遠いな。江戸と同じ坂東《ばんどう》だから、と甘く見ていた」

招じられ、直之進たちは座敷に落ち着いた。光右衛門の位牌《いはい》があり、線香に火をつけ、合掌《がっしょう》した。

おあきや祥吉、おれんもやってきて、直之進とおきくの無事を喜んだ。

「それでどうだった。遺言状はあったか」

直之進に出された茶をがぶりとやって、琢ノ介がたずねる。

「ああ、あった」

懐を探り、直之進は取り出した。

「これだ」

差し出すと、琢ノ介が手に取った。

「見てもよいか」

「もちろんだ」

直之進がうなずいたときには、すでに琢ノ介は遺言状に目を落としていた。

「おみわどのを捜せか……」

驚きの顔を上げ、琢ノ介が直之進を見る。

「これはまた、思いもよらぬことが記されているものよ」

すぐさま、おあき、おれんも読み、今は祥吉が熱心に遺言状を見つめている。

「直之進、やってくれるか」

「当たり前だ」

直之進はすぐに言葉を続けた。

「それから、舅どのが彼《か》の地《ち》で人殺し呼ばわりされていた」

どういうことか、直之進はわかっていることをすべて伝えた。光右衛門にとって不都合なことではあるが、琢ノ介たちに隠し立てはするまいと、直之進とおくは江戸に入る前に話し合っていた。隠すということは、光右衛門を信じていないことになる。

「えっ、どういうことだ」

「俺は、この件にはなにかわけがあると思っている。報円和尚がなにかしら、知らせてくれるはずだ」

直之進は、琢ノ介、おあき、おれん、祥吉と順番に顔を見ていった。

「このおみわという人に、誰か心当たりはないかな」

「磐井屋さんのことは知っています」

おあきが答えた。

「おとっつぁんが若い頃、修業していたお店だということは、前に聞きました。でも、おみわさんという人は知りません」

「磐井屋がどこにあるか、義姉上《あねうえ》はご存じか」

「いえ、知りません」

ふむ、といって直之進は顎をさすった。

「ここは、菱田屋さんに話を聞くのがよかろうな。あの人は若いが、舅どのが頼りにしていたほどの男だ。なにか手がかりになるようなことを知っているかもしれぬ」

明日、さっそく訪ねてみよう、と直之進は心に決めた。

第二章

一

――執念だね。

目の前の死骸を見つめ、富士太郎はそんなことを思った。

――でなきゃ、こんなことは決してできないよね。

何者かに殺害されて江戸川に流されたのだろうが、男の死骸の両腕は、船を舫《もや》う川岸近くの杭《くい》に、がっちり巻きついているのである。

「まさかと思いますけど……」

死骸に目を注いで中間の珠吉が首をひねる。

「この仏さん、川を流されながら、杭に向かって手を伸ばしたんですかね」

「珠吉のいう通りだね。杭に腕が巻きついたということは、そのときはまだ生きていたのかもしれないね。いや、そうとしか考えられないよ」

通常、川を流れる死骸は、誰の目にもとまることなく見過《みす》ごされるのが当たり前のこととされている。簀巻《すまき》にされていようといまいと、川の中にある以上、殺しとして扱われることは決してない。

江戸では川に浮かぶ死骸がことのほか多く、町奉行所の者だけでは正直、手に余るのだ。それでいつしか、川を流れる死骸はかまわず、というふうになったらしい。

杭に引っかかったような死骸でも面倒を恐れる者に竿《さお》で突かれ、流れに戻されることは少なくないのだが、目の前の仏は幸いにしてそのようなことは免れた。

杭に船を舫おうとした船頭が見つけて町内の自身番《じしんばん》に届け、そこから町奉行所に通報がなされたのである。

こうなれば、富士太郎たちの出番だ。

これを執念といわずして、なんというべきなのか。

「引き上げておくれ」

手を上げ、富士太郎は町奉行所の小者たちに命じた。

四人の小者が流れに胸まで浸かって、死骸を引き上げる。死骸が持ち上げられて、土砂降《どしゃぶ》りの雨のように水がしたたった。川岸の土は少しだけぬかるみを帯びた。

むう。富士太郎はうなり声を上げかけた。背筋がぞっと冷える。

「こいつは——」

わずかに声を発したきり、珠吉がそのまま黙り込む。

「まったくひどいことをするもんだね」

恐ろしいものだ、という言葉をのみ込んで富士太郎はうめいた。

なにしろ、死骸の手の指が、すべて切り落とされているのだ。

いったいなにゆえ下手人《げしゅにん》はこのような残虐な真似をしたのか。

その答えはいま考えたところで、出ようはずもない。

指のない手を杭に巻きつけたなんて、本当にこの仏は執念を見せたんだね。

「歳はいくつくらいですかね」

筵《むしろ》の上に横たえられた死骸を見て、珠吉がたずねてきた。

「そうだね、三十代半ばという頃合《ころあい》かね」

「さいですね。あっしもそのくらいではないかと思いやすよ。刺し傷らしいのが胸にありますね」

着物の胸のところが破れ、そこだけ色が変わっているのだ。

「うん、この刺し傷が仏の命を奪ったようだね。鋭利な刃物でやられたんだ。ざっと見たところ、ほかに傷はないようだね」

「――おや」

不意に珠吉が不審そうな声を出した。

「どうかしたかい、珠吉」

眉根を盛り上がらせて、珠吉は死骸の顔を見据えている。

「あっしは、この男に見覚えがありやすぜ」

「えっ、本当かい」

驚いて富士太郎は珠吉の顔をまじまじと見た。ええ、と珠吉が冷静な表情で顎を引く。

「この仏、知り合いの錺《かざり》職人のところに住み込んでいた男によく似ていますぜ。あの頃からしたらだいぶ歳を取っちゃあいますけど、まちがいないような気がしますね」

「珠吉、この仏の名を覚えているかい」

顔を曇らせ、珠吉がいいよどむ。

「いえ、そこまではちょっと……。すみません」

「いや、別に謝ることはないよ。錺職人のほうはなんというんだい」

「鯛造《たいぞう》さんといいます」

「珠吉が、その鯛造という錺職人のところで、この仏を見たのはいつのことだい」

「そうですねえ」

唇をとがらせるようにして下を向き、珠吉が考え込む。

「鯛造さんのところであっしがこの仏に会ってから、もう二十年近くはたっているでしょうねえ」

「そう、二十年もたつのかい。おいらが生まれた頃じゃないか」

「確かにだいぶ前のことですけど、旦那、あっしの記憶は確かだと思いますぜ」

自信の色を顔ににじませて珠吉が断ずる。

「珠吉がそれだけ強くいうんだったら、まちがいないだろうね。その鯛造という錺職人の家はここから遠いのかい」

「いえ、赤城《あかぎ》明神《みょうじん》前町ですからね。家にいれば、すぐに来てもらえますぜ」

ここは米田屋が店を構える小日向東古川町にほど近い関口水道町《せきぐちすいどうちょう》である。赤城明神門前町なら、辰巳《たつみ》（南東）の方角へ六町ばかり行ったところにある。富士太郎がそちらを見やると、すぐそばに建つ高源寺《こうげんじ》という寺の本堂の屋根が見えた。

「じゃあ、珠吉、さっそくその鯛造という錺職人の家に行ってみようよ」

「旦那まで一緒に行かなくてもいいですよ。あっしがひとっ走り行って、ここまで連れてきやすから」

「いや、おいらも行くよ。ここでぼうっとしていても仕方ないからね。それに、歩いたほうが頭が回るというし、いろいろ考えることができるからね。下手人が仏の手の指をどうしてすべて切ったのか、その答えも出るかもしれない」

「さいですかい。だったら、あっしが先に行って鯛造さんがいるかどうか確かめてきますよ。いなかったら、すぐに旦那のもとに馳《は》せ参じますから。旦那はできるだけのんびりと歩いてきてくださいね」

「仕事柄、のんびりと歩くなんてことができるか心許《こころもと》ないけど、わかったよ。でも珠吉もあまり急いで行かずともいいよ」

目をぎょろりと動かして、珠吉が富士太郎を見据える。すぐに気づいたように目から力を抜いた。

「旦那、そいつはあっしの体を気遣っての言葉ですかい。あっしは大丈夫ですよ。赤城明神門前町なんてすぐそこですしね。あの町まで走ったからって、あっしがへたっちまうなんてことは決してありゃしませんから。あっしの体はそんなに柔《やわ》にはできていませんや」

「ああ、そうだったね」

素直に富士太郎は同意してみせた。

「珠吉は、今の若いもんとは鍛え方がちがうんだった。一日中走っても、ばてやしないもんね」

へへん、そういうこってすよ、と珠吉がいかにも自慢げに笑い、腕に若者のような力こぶを作ってみせる。

「どうですかい、旦那。こいつの盛り上がりは」

「本当にすごいよ。その腕の太さは、おいらの倍は軽くあるね」

つと顔を近づけて、珠吉がささやきかけてきた。

「しかし、あれの大きさじゃあ、あっしは旦那に負けますがね」

えっ、と富士太郎は一瞬、言葉に詰まった。

「珠吉、こんなときにつまらないことをいうんじゃないよ」

「すみません、余計なことでした。——じゃあ旦那、あっしはお先に行かせてもらいやすぜ」

「うん、すぐにおいらも追いかけるよ」

「ゆっくり来てくだせえ」

珠吉が、裾をひるがえして駆け出す。富士太郎が考えていた以上に足が速く、姿はどんどん小さくなってゆく。

――はあ、しかし珠吉はすごいねえ。本当に若返ってきているようだね。歳を取るのを忘れているかのようだよ。この分なら当分、珠吉の代わりはいらないかもしれないねえ。

それは富士太郎にとってうれしいことなのだが、やはりいつまでも珠吉を中間にしておくわけにはいかない。

六十を過ぎ、ふつうならばとうに隠居していなければならない歳なのだ。珠吉のせがれは富士太郎と同い年で、生きていればまたちがったのだろうが、残念ながら数年前、風邪をこじらせて鬼籍《きせき》の人となってしまった。富士太郎としては、一刻も早く珠吉の代わりとなる者を捜し出さなければならない。だが、そうそう珠吉の代わりがつとまるほどの者が見つかるはずもない。いま富士太郎が頭を悩ませている難題である。しかし、ここで考えても仕方のないことだ。

「ちょっと行ってくるよ。すぐに戻るから、もし検死医師の福斎《ふくさい》先生が見えたら、検死をお願いしてくれるかい」

小者たちにいい置いて、富士太郎は歩き出した。いってらっしゃいませ、と声をそろえて小者たちが頭を下げる。

ぞっとするからあまり考えたくはないのだけれど、と富士太郎はゆっくりと歩を運びつつ思った。今の珠吉の元気のよさは、燃え尽きる寸前のろうそくの炎、というようなものではないだろうねえ。

だって、あの米田屋さんだって亡くなっちまったんだもの。殺されてもくたばらないような人だったのに、直之進さんとおきくちゃんの祝言の席で倒れて、そのまま二度と起き上がることなく逝っちまったんだよねえ。あんなに頑丈《がんじょう》そうな人だったのに……。ああ、むなしいねえ、人なんて。親しい人に死なれると、本当に辛いよ。こんなんだったら、はなから知り合わないほうがよかったんじゃないのかねえ。

歩きながら、うぅ、と富士太郎は涙ぐみそうになった。まわりに人目がなくてよかった、と思う。いや、行き過ぎる町人たちが、どうしたのだろう、という目で見てゆく。

目尻に浮いた涙を指先でぬぐって、富士太郎は昂然《こうぜん》と顔を上げた。だが、心は悲しみに沈んだままだ。

富士太郎は、まだ光右衛門の死を信じられずにいる。悲しみに満ちた葬儀からもう十日以上もたつのに、いまだに光右衛門が死んだことをうつつとして受け容れられない。

会いたいねえ、と富士太郎は強く願った。あの人なつっこい細い目に笑いかけられたいねえ。話もしたいねえ。こんなことなら、もっと米田屋さんと腹を割って話しておくんだったよ。後悔、先に立たずというけど、本当に取り返しがつかないもんだねえ。

そういえば、と富士太郎は思い出した。直之進さんとおきくちゃんは米田屋さんの故郷に行くっていっていたけど、もう帰ってきたのかな。聞いた話では昨日あたりに帰ってきているはずだけど。あとで米田屋さんに寄ってみることにしよう。

そんなことを考えていたら、存外に早くときが過ぎたようで、向こうから人混みを分けるようにして珠吉が駆けてくるのが見えた。

後ろに職人らしい男が続いている。あれが鯛造だろう。鯛造を気遣っているのか、珠吉は大して速く走っていない。

珠吉も富士太郎に気づいたようで、小さく笑顔を見せた。足を速め、富士太郎は珠吉たちに近づいていった。

「——旦那」

足を止めた珠吉が頭を下げて、額《ひたい》の汗をぬぐう。

「連れてきましたよ。こちらが鯛造さんです」

さすがに定廻《じょうまわ》り同心《どうしん》に会うのは慣れていないようで、不安そうに一人の男が富士太郎を見つめている。

穏やかな笑みを浮かべて、富士太郎は自らの名を告げた。鯛造も名乗り返してきた。

「鯛造さん、忙しいところをすまないね」

軽く辞儀をした富士太郎は、優しい口調でねぎらった。

「いえ、いいんですよ」

笑顔になった鯛造がかぶりを振る。

「あっしなんぞが御上《おかみ》のお役に立てるなんてことは滅多にありませんし、珠吉さんにはだいぶお世話になりましたからね」

「じゃあ、付き合ってくれるかい」

さっときびすを返して、富士太郎は歩き出した。珠吉と鯛造が続く。

「世話になったというと、どんなことがあったんだい」

これは珠吉にたずねた。

「旦那、あっしは別に鯛造さんの世話をしたなんて思っちゃいませんよ」

「珠吉さん、謙遜はいけませんや」

真剣な目で珠吉を見、鯛造が首を横に振った。

「あっしは、珠吉さんに本当に助けられたんですから」

「鯛造さんがそれだけ感謝するなんてね。どんなことがあったか、珠吉、早く教えておくれよ」

「どうやら珠吉さんがいいにくいようですから、あっしからお話しいたしますよ」

わずかに前に出て、鯛造が富士太郎を見上げてきた。鯛造の背丈はかなり低く、五尺そこそことというところではないか。体つきはごつく、鋳職人よりも人足《にんそく》や駕籠《かご》かきのほうが似つかわしい感じがある。ただし、苦み走った顔つきはひじょうにととのっており、五十を過ぎた今でも女たちにもてるのではないか、と思えるほどだ。

「以前、あっしの女房が殺されましてね」

他人事《ひとごと》のようにさらりと鯛造が口にしたから、ええっ、と跳び上がらんばかりに富士太郎は驚いた。まさかそんなことがこの男の身に起きていようとは、夢にも思わなかった。

「もう二十七年前のことです。あっしが二十五のときでした」

なにも言葉を挟むことができず、富士太郎は黙って聞いているしかなかった。

「二十三のときに、あっしは女房と好き合って一緒になりました。そのとき女房は十八でした。ただ、一緒になって一年後に女房が流産したのをきっかけに、言い争いが多くなりましてね……」

言葉を切り、女房の面影を引き寄せるかのように鯛造が一瞬、目を閉じた。

「それまであっしはほとんど酒を口にしなかったんですけど、女房との諍《いさか》いが多くなってからはよく仲間と酒場に足を運ぶようになりました。あっしは当時、親方の家に毎朝通っていたんですが、仕事が終わっても、まっすぐ家に帰る気がしなかったもので。女房と顔を合わせれば、またどうせ口喧嘩《くちげんか》になるのはわかりきっていました。そんな毎日が一年以上続いたある日、いきなり女房が殺されたんですよ」

「それで鯛造さんに疑いがかかったというわけだね」

「そういうことです。あっしは酔うと、気が荒くなって女房を殴っちまうことがよくあったものですから、すぐに御番所から疑いの眼差しを向けられました」

どんな理由があろうと人に手を上げたりしてはいけないねえ、と富士太郎は思った。おいらが一緒になると約束した智《とも》ちゃんに、手を上げるなんてことは決してないよねえ。当たり前だよ、おいらの宝物に乱暴をはたらくなんて、あり得ないよ。

唇を湿らせて鯛造が続ける。

「今はもう酒はやめていますけど、女房が殺された晩もひどく酔っ払っていて、あっしはなにも覚えちゃいなかったんです。あっしはへべれけになって長屋で寝ていたんですけど、その横で女房は殺されたんですから、疑いをかけられてもどうしようもありませんや」

「横で……。それはまたすごい話だね。あの、鯛造さん、きいてもいいかな。鯛造さんの女房はどういうふうに殺されたんだい」

少し辛そうに鯛造が目を伏せる。

「胸を一突きにされたんですよ」

思い切ったように鯛造が告げた。

「ご丁寧に、血のついた鑿《のみ》をあっしは握っていたんです。もちろん、下手人に握らされたんでしょうけど、目が覚めて、横で女房が死んでいるのを見たとき、ああ、ついにやっちまったのか、とあっしは思いました」

「その鑿はまさか――」

「ええ、あっしのでした。その鑿は数日前に、仕事場でなくしたものなんです。仕事場から下手人が盗み出したんですよ」

「それで結局、鯛造さんは番所に捕まったんだね」

「捕まりました。女房が殺された晩も、酔っ払ったあっしは女房と派手な喧嘩をしたらしいんです。そのことは、同じ長屋の人たちがこぞって証言したようなんですよ。当時のあっしは荒れていて、信用ってものがまったくなかったですから、長屋の人たちにあれこれ言われても仕方なかった。あっしは、岡《おか》っ引《ぴき》の雄市《ゆういち》親分の手で御番所にしょっ引かれたんですよ」

雄市なら富士太郎も知っている。今はとうに隠居《いんきょ》しているが、富士太郎が同心見習だった頃は現役で、そのときはあまりいい評判を聞かなかった。

元々、岡っ引や下っ引は、かつて罪を犯した者がつとめることがほとんどで、いい評判を聞く者など滅多にいないが、雄市はその中でも悪い噂ばかりが目立っていた。

それでも死んだ父は雄市を重用《ちようよう》していた。なにゆえ父はあのような者を重く用いたのか。やはり仕事ができたからだろうか。富士太郎は不思議でならない。

「それで、珠吉が事件の真相を明かし、真犯人を捕らえたってことだね」

いえいえ、とあわてたように珠吉が首を横に振った。

「あっしじゃありませんよ。旦那のお父上が解き明かしなすったんです」

「えっ、父上が」

「さいですよ。あっしは、お父上の命の通りに動いただけですから」

「それで、誰が真犯人だったんだい」

「旦那は誰だと思いますかい」

富士太郎をじっと見て、珠吉がきいてきた。

「なにか試されている気がするね。事件の背景がわからないからなんともいえないけど、いちばん怪しいのは、鯛造さんと同じ職場で働いていた仲間だろうね。なんといっても、最もたやすく鑿を盗めるもの」

珠吉と鯛造に目を当てて、富士太郎は少し渋い顔をした。

「二人の顔を見ていると、どうやら仲間という筋はちがうようだね。――となると、女房絡《がら》みかね。女房といっても、鯛造さんの女房ではないよ。鯛造さんの親方の女房さ。なにしろ、鯛造さんは女に騒がれそうな顔をしているからね。一悶《ひともん》着《ちゃく》あってもおかしくはない」

苦笑を漏らして、富士太郎は首を振った。

「これもちがうようだね」

「ええ、親方の女房はその三年ばかり前に亡くなっていましたから。はやり病です」

はきはきと鯛造が答える。

「そうだったのかい。でも、少しは近くなったみたいだね。鯛造さんの顔を見ていると、それがわかるよ。――親方に娘はいたかい」

「ええ、おりました。大事な一人娘です」

「だとすると、その娘が絡んでいるのかな。娘が鯛造さんに横恋慕し、鯛造さんと一緒になれるよう、邪魔な女房を手にかけた。――でも、それだと鯛造さんに疑いがかかるように仕向けたのがおかしくなるね。――ああ、そうだ。その娘には、許嫁《いいなずけ》がいなかったかい」

「おりました。同じ職場の職人です」

「じゃあ、その職人が鯛造さんの女房を手にかけた。いや、そうじゃなかったね。同じ職場の仲間ではないってことだったもの」

足を動かしつつ、富士太郎は考えた。町奉行所の小者たちの姿はまだ見えない。

「娘さんとその許嫁の職人は事件に関係ないのかい」

「ええ、ありやせん。でも、まったくないとはいえやせん」

これは珠吉が告げた。そうかい、といって富士太郎は黙考《もっこう》した。

「もしや下手人は親方かい」

「おや、旦那、よくわかりましたねえ」

ほれぼれしたという顔で珠吉が見る。

「職人と娘が関係ないのなら、あと鑿を盗めるのは親方だけだものね。外から来た者が職人のものを盗むのは、ちょっと無理のような気がするからね」

「樺山の旦那のおっしゃる通りですよ」

感服したように鯛造が頭を下げた。

「これからちょっと答えにくいことをきくことになるけど、鯛造さん、かまわないかい」

「ええ、かまいませんよ。二十七年も前のことですから、なにをいわれても、もう心がざわめくことはありゃしません」

だが、実際には女房の事件は心に深い傷となっているのだろう。今もはっきりと二十七年前、と正確な年月を口にするところが、それを物語っている。

そうと知れて、富士太郎は本当にきいてもよいのだろうか、とさすがに迷った。だが、鯛造は期待の籠《こ》もった目で富士太郎を見ている。それで富士太郎の心は決まった。

「よし、ではきくよ。実は、親方と鯛造さんの女房はできていたんじゃないのかい」

息を吸い込み、富士太郎は言葉をすぐさま継《つ》いだ。

「流産したあと、きっと親方と鯛造さんの女房はできてしまったんだろうね。でも、二人のあいだには別れ話が出たんだ。切り出したのは、きっと親方からだね。さすがに弟子の女房とこのまま関係を続けるのはまずい、と思ったにちがいないよ」

言葉を切って鯛造の顔を見、それから富士太郎は話を続けた。

「でも、鯛造さんの女房はその別れ話に対して、うん、といわなかった。逆に、祝言を間近に控えている娘さんに、自分たちのことをばらす、とでも親方にいったんじゃないかなあ。もしそんなことになったら、たいへんなことになってしまうからね。親方が弟子の女房に手を出していたなんてことが知れたら、大騒ぎになって、祝言なんかすっ飛んじまう。それからね、鯛造さんの女房は、親方にはとても払えないような大金も求めたんじゃないのかなあ」

感心しきった様子で、珠吉は富士太郎から目を離さない。鯛造は心なしか苦しそうな顔つきだ。

「鯛造さん、大丈夫かい」

「ええ、もちろんですよ。話をお続けになってください」

うん、わかったよ、と富士太郎は首を縦に動かした。

「窮した親方は、なんとかしなければならない、と思った。祝言をめちゃくちゃにされるわけにはいかないし、大金など用意できるはずもない。それで鯛造さんの酒癖の悪さを利用して、女房を亡き者にすることを思いついたんだ。仮に弟子の一人が女房殺しで捕まっても、祝言が中止になるようなことはさすがにないだろうからね」

「ええ、実際に祝言は、あっしの女房が殺されてからおよそ一月後《ひとつき》に、なにごともなかったように行われたんですよ」

そのときのことを思い出したかのように、しみじみと鯛造がいった。

「それは、もしや父上の配慮かい」

「もちろんそういうこってすよ」

再び珠吉が答えた。

「下手人が誰か、わかった上で、先代の旦那は娘と職人に祝言を挙げさせたんです。そうした上で、親方を捕縛しました」

「そのあいだ鯛造さんはどうしていたんだい」

「無実であるのがわかった以上、さすがに牢《ろう》に閉じ込めておくわけにはいきませんでした。ちょうどあっしたちの隣の中間長屋に空きができたので、そこにいてもらいました」

珠吉たち夫婦は、町奉行所内の中間長屋を居としている。

「ああ、そうだったのかい。——ところで、その娘さんと職人の夫婦は、今どうしているんだい」

「心配ご無用ですよ」

明るい声を出して、鯛造が富士太郎を見つめる。

「親方が人殺しと知れて、相当つらいことがあったはずですが、力を合わせて二人は仲むつまじくやっています。今は三人の子宝《こだから》にも恵まれて、幸せに暮らしていますよ。確かもう孫もいるはずですよ」

「不幸にならずにすんだんだね」

そのことが、心の底から富士太郎はうれしかった。

もう目と鼻の先のところに、町奉行所の小者たちの姿が見えている。向こうも、富士太郎たちに気づいているようだ。

「旦那、指のない仏さんのことで、なにか思い浮かんだことがありやしたかい」

鯛造に聞こえないように、珠吉が耳元にささやきかけてきた。

「いや、なにも浮かばなかったよ。米田屋さんのことばかり、考えてしまったんだ」

富士太郎も小声で返した。

「ああ、そいつは仕方ないですねえ。あっしも鯛造さんの家に向かって走りながら、実は米田屋さんのことが思い出されてしようがなかったですよ」

「それだけ米田屋さんはおいらたちの中でも、大きな存在だったということだよねえ」

「まったくでさ」

珠吉と鯛造をしたがえるようにして、富士太郎は小者たちに足早に近づいた。

「待たせたね」

笑みを浮かべて、富士太郎は小者たちに声をかけた。

「お帰りなさいませ」

小者たちが一斉に辞儀する。一人の若い小者が富士太郎の前に進み出た。

「樺山の旦那がお出かけになっている最中に、検死医師の福斎先生がいらっしゃいました」

てきぱきとした口調で富士太郎に告げた。

「ああ、やっぱりいらしたんだね。それはすまないことをしたね。福斎先生は仏さんについてなんといっていたんだい」

「まず仏さんが殺されたのは、昨夜の四つから八つくらいのあいだとのことでした」

「真夜中だね。ほかには」

「仏さんの命を奪ったのは胸の刺し傷で、多分、匕首《あいくち》か脇差《わきざし》ではないか、とのことです」

「なるほど、凶器は匕首か脇差か」

「おそらく刺し殺した下手人は、荒事《あらごと》に慣れているかもしれないが、殺しには慣れていない者ではないか、とおっしゃっていました。あばら骨にほとんど傷はついていないのですが、刃先は心《しん》の臓《ぞう》を外れていたからだそうです。死因は血を流しすぎたことのようです」

「そうかい」

富士太郎はきらりと目を鋭くした。

「少なくとも、下手人は裏街道を歩いている者なんだろうね。――ところでおまえさん、名はなんといったっけ」

花形といわれる定廻り同心に名をきかれたのがうれしかったのか、若い小者は弾《はじ》けるような笑顔になった。

「あっしは興吉《こうきち》といいます」

「歳はいくつだい」

「二十一です」

おいらと同い年か、なかなかよさそうな男じゃないか。

「──旦那」

後ろから珠吉に呼びかけられた。

「あれを見てください」

いわれた通りに目をやると、腰を曲げて鯛造がじっと死骸を見ているところだった。身じろぎ一つしない。瞬《まばた》きするのも忘れているのではないか、と思える熱心さだ。

ありがとうね、と興吉にうなずいてみせて、富士太郎は珠吉とともに鯛造に近づいた。

「どうかな、鯛造さん。この仏さん、知っている者かい」

「ええ、まちがいありませんよ」

腰を伸ばして鯛造が富士太郎を見上げる。眉間《みけん》に太いしわが寄り、目に悲しみが宿されていた。

「この仏さんは八十吉《やそきち》ですよ」

でかしたね、という目で富士太郎は珠吉を見やった。珠吉が小さく会釈を返してきた。

「八十吉というのは、おまえさんのところで働いていた者だね」

「そうです。もっとも、さして長続きはしなかったんですが」

「八十吉というのは、江戸者かい」

「いえ、在所は信州《しんしゅう》です。二十年ほど前、在所の者と一緒に職を求めて信州から江戸に出てきたんです」

　鯛造の肩が落ちている。

「信州から……」

「実はあっしも信州の出なんですよ。故郷の者に請《こ》われて、あっしは八十吉を住み込みとして雇い入れたんです」

「長続きしなかったといったけど、鯛造さんのところに八十吉はどのくらいいたんだい」

「四、五年というところだったでしょうか。あっしのところをやめてから、もう十五年以上はたちますからね」

　力なく首を振り、鯛造が死骸に目を当てた。

「それにしても、まさかこんな形で再会するとは夢にも思いませんでしたよ。初めての弟子でしたから、ときおり八十吉のことを考えたりしていたんですが……」

きっとそういうものなんだろうね、と富士太郎は思った。だが、心の中では、実は鯛造が八十吉を殺したのではないか、と冷徹に考えてもいる。

しかし、その筋はないだろうね、と富士太郎は判断した。鯛造はいかにも実直そうな職人肌の男で、人を手にかけるようなことはまずないと思われた。瞳に浮いている悲しみの色も嘘などではないだろう。

「十五年以上前に八十吉が鯛造さんのところをやめたのはどうしてだい」

新たな問いを富士太郎は放った。

「遊びがおもしろくなっちまったんですよ。田舎者《いなかもの》にはよくあることですが、同じ信州の仲間で、道を外れた者に誘われたのが発端ですよ」

苦々しげにいい、鯛造が唇を嚙んだ。

「八十吉の錺職人としての素質は、それはそれはすばらしいものがあったんです。素質だけでいえば、あっしなんか八十吉の足元にも及びませんよ。それだけの素質を持ちながら仕事を辞めてしまうことがあまりにもったいなくて、あっしは何度も八十吉に考え直すように言ったんですがねえ」

しかしそれは無駄でしかなかったということだね、と富士太郎は思った。

「仕事を辞めた八十吉は、遊び仲間となにをしていたんだい」

「八十吉は一時、掏摸《すり》の仲間にいたはずですよ。掏摸の手伝いをしていたんです」

　掏摸はたいてい数人で組んで行うことが多い。掏った財布などはすぐに他の者に渡す。証拠を消すためだ。単独で掏摸を行う者はほとんどいない。もしそういう者が組の者に見つかって捕まったら、両手の指をすべてへし折られるといった制裁を受ける。

　両手の指をすべて切られたというのは、と富士太郎は考えた。掏摸となんらかの関係があるのかな。

「掏摸仲間の名を覚えているかい」

　期待を込めて富士太郎は鯛造に問うた。

「一人だけ覚えていますよ。櫂吉《かいきち》いう男です」

　櫂吉かい、と富士太郎は少し驚いた。

「この櫂吉という男も信州の出で、八十吉と一緒に江戸に出てきたんです。櫂吉も、あっしのところで働かないかという話があったんです。まあ、当時八十吉は十三、四でしたが、櫂吉は二十代半ば、年もいっていましたから、結局あっしが断り、よそへと行きましたがね。確か、左官《さかん》に弟子入りしたはずですよ。でも、信州の仲間うちではその櫂吉がいちばん最初に仕事を辞め、八十吉を掏摸の仲間に誘ったんです」

櫂吉といえば、まだ四十代半ばにもかかわらず、ある掏摸の組の中で今は元締《もとじめ》といっていい立場にまで出世しのけている。三十まで生きる者はいないといわれる掏摸の中では、希有《けう》な男といってよい。

「八十吉は、信州に縁者は」

「あっしのもとにいるときは、両親に文を書いたりしていました。でも、もう両親はこの世にいないでしょうね。兄弟は兄が一人いるということでしたけど、口ぶりからして折り合いがいいとはいえなかったようですね」

ということは、仮に信州に血縁がまだ健在で八十吉の死を知らせることができたとしても、遺骸を引き取りに来るなどということは、期待できないだろう。江戸で葬ってください、といってくればまだいいほうだ。無視だって十分あり得る。

筵に横たえられている死骸に歩み寄った富士太郎はしゃがみ込んで、八十吉の袖《そで》をめくり上げた。

「入墨はないね」

「さいですね」

横から見て珠吉がうなずく。

「つまり、八十吉という男は掏摸として捕まったことはないってことってすね」

「腕がよかったのかな」

「かもしれませんね」

「八十吉は無宿人《むしゅくにん》だったのかな」

「十分に考えられますね」

「じゃあ、珠吉、さっそく行ってみようかね」

どこへですかい、と珠吉はきいてこなかった。すでに富士太郎がどこへ向かう気でいるのか、心得た顔である。

「ああ、その前にしておくことがあったよ」

手を上げて富士太郎は関口水道町の町役人《ちようやくにん》を呼び寄せた。淡左衛門《たんざえもん》という年かさの男が小走りに寄ってきた。

「まことに申し訳ないけれど、この仏さん、ちゃんとした身元がわかるまで自身番に置いといてくれるかい」

「はい、わかりました。身元はすぐに知れましょうか」

「どうだろう。名はわかったけれど、まだそこまでだからね。力を尽くして身元を調べ出すからね、待っていておくれよ」

「承知いたしました」

その力強い声をありがたく受け取って、富士太郎は鯛造に向き直った。

「じゃあ、鯛造さん、これでね。おいらたちは行くからね。来てくれて助かったよ」

丁寧に富士太郎は礼を述べた。

「はい、こちらこそお知らせいただき、まことにありがとうございました。あの、今お話が聞こえたんですけど、これもなにかの縁ですから、あっしが八十吉の葬儀を出したいんです。よろしいですかい」

「えっ、それは願ってもないことだよ。鯛造さん、本当にいいのかい」

「あっしには反省もありますし」

「反省というと」

こうべを垂れ、鯛造が首筋をかく。

「八十吉を守ってやれなかったことですよ。八十吉があっしの弟子だったとき、頑《がん》としてあっしが仕事を辞めさせなければよかったんですよ。江戸は誘惑が多い、特に若い者にはね。あのとき仕事の大切さを八十吉にみっちり教え込んでいたら、こんなことにはならなかったんじゃないかと思えるんですよ」

果たしてどうだったのだろうか、と富士太郎は思った。道を外れる者は、更正の機会がいくらあろうと結局は外れてゆくものだ。それは、これまで幾多《いくた》の犯罪者を見てきた富士太郎だからこそ断言できる。

「じゃあ、鯛造さん。おいらたちは行くからね。いろいろとありがとうね。力を落とさないようにしておくれよ」

「ありがとうございます」

深く腰を折って鯛造が礼を述べる。

鯛造に別れを告げた富士太郎は珠吉を連れて、小石川陸尺《こいしかわろくしやくまち》町にやってきた。北側に伝通院《でんづういん》の杜《もり》が見えている。神君家康公の生母として知られる於大《おだい》の方《かた》や千《せん》姫《ひめ》の墓があることで知られ、香華《こうげ》を手向《たむ》ける者が引きも切らない。

「あのお寺さんに参詣する者たちの懐《ふところ》を狙って、櫂吉の組の者は、このあたりを縄張《なわばり》にしているんですよね。おまけに堂々とこの町内に住んでやがる。まったく腹が立ちますね」

許せないという思いを、珠吉は面にあらわしている。

「まったくだよ」

同じ思いを抱いて富士太郎は首肯《しゅこう》した。

「櫂吉のことは、おいらもお縄にしたくてならないけど、捕まるのはいつも若い掏摸だけだものね。やつはもう仕事を一切せず、若い者らの稼ぎを巻き上げているだけだからね。おいらは悔しくてならないよ」

「いずれお縄にしてやりやしょう」

「当たり前だよ、珠吉。財布や巾着《きんちゃく》を掏られて、大変な目に遭っている人が大勢いるんだからね。なんとしても、そういう人たちの仇《かたき》を討ってやらないとね」

陸尺町の薄暗い路地を入り、富士太郎と珠吉は狭い角を曲がって足を止めた。

「ここだね」

「さいです」

「ずいぶん立派な格子戸がついているよ」

「まったくですねえ、壊してやりたくなりやすよ」

目の前の格子戸をにらみつけて珠吉が進み出、引手に手をかけた。横に引くと、軽い音を立てて格子戸が開いた。

「鍵はかかっていないんだね。意外に度胸があるのかな。——入るよ」

中に声をかけておいて格子戸を抜け、富士太郎と珠吉は黒光りする踏石《ふみいし》を歩いた。

瀟洒《しょうしゃ》な感じの戸口に突き当たる。戸はがっちりと閉め切られている。心張り棒《ぼう》がされているようだ。

「ふむ、玄関をつくっていないだけ、まだ良心が残っているのかね」

町屋に玄関は認められていない。町人で玄関を設けることができるのは、本陣《ほんじん》を営む者か、名字帯刀《みょうじたいとう》を許された者に限られる。だが、金のある者の中には、武家の真似をして玄関をひそかにつくっている者が少なくない。

「おや、戸の向こうに人がいるような感じがするけど、勘ちがいかな」

確かに人の気配がする。富士太郎の声が届いたか、いきなり目の前の戸ががらりと開いた。

「——樺山の旦那、勘が鋭くなったんじゃありゃしませんかい」

目つきの悪い男が立っていた。頬は切り取られたように肉がなく、顔色は暮らしのすさみぶりをあらわしているのか、灰色がかり、かさかさに乾いている。しみもずいぶんと目立つ。

この男、もう先は長くないんじゃないかね、と富士太郎は思った。四十代半ばのくせに、もう六十近いような形《なり》になっているものね。悪さばかりしていると、きっとおのれにはね返ってきて、それが顔に出ちゃっているんだろうね。やっぱり悪いことをしちゃいけないんだねえ。お天道《てんと》さまをまともに見られなくなると、こんな顔になっちまうんだよ。

「櫂吉、なかなか元気そうじゃないか」

にやりとして、櫂吉が富士太郎を見返してくる。

「樺山の旦那、また心にもないことをおっしゃって。あっしなんぞ、じきにくたばりますよ。どう考えても長くねえ。体の具合は正直、いいとはいえませんからね」

「悪さばかりしているからだろう。善行《ぜんこう》を積めば、きっとよくなるよ」

「あっしは、今は悪さなんか一切しちゃいませんぜ。善行を積んでもいませんけどね」

冷たい目で見るだけで、富士太郎はなにもいわなかった。

「それで樺山の旦那、珠吉さん、今日は何用ですかい」

「櫂吉、おまえ、八十吉という男を知っているかい」

「八十吉ですかい。ええ、知っていますよ。同郷の年下の友垣ですからね。こんなところではなんですから、樺山の旦那、お上がりになりますかい」

「いや、ここでいいよ」

「そうですかい」

わずかに興ざめしたような顔をしてみせたが、すぐに櫂吉がきいてきた。

「わざわざ八十吉のことで、樺山の旦那と珠吉さんが訪ねてみえたんですかい。あの野郎、なにかやらかしたんですかい」

「やらかしたというより、やられたといったほうがいいね」

不思議そうな顔になり、櫂吉がきいてきた。

「樺山の旦那、それはどういう意味ですかい」

「わからないかい。八十吉は殺されたんだよ」

「げえっ」

驚愕した櫂吉が呆《ほう》けたように口を開けた。色の悪い舌が見える。

「い、いつのことです」

血走った目で櫂吉がきいてきた。

「殺されたのは昨晩のことだよ。死骸が見つかったのは今朝だ。江戸川の杭に死骸が引っかかっていたんだ」

「だ、誰に殺《や》られたんですかい。ああ、そいつをいま樺山の旦那と珠吉さんは調べているんですね」

「そういうことだよ。おまえ、なにか心当たりはないかい」

「いえ、心当たりはありません」

間髪《かんはつ》を容《い》れず耀吉が即答する。

「まさかと思うけど、耀吉、下手人に自分で仕返ししようなんて考えているんじゃないだろうね」

「滅相《めっそう》もない」

手を振って耀吉が否定する。

「耀吉――」

声に凄《すご》みをにじませて、富士太郎は呼びかけた。

「最近、八十吉に会ったかい」

「いえ、もう何年も会っていませんよ」

「本当かい」

「ええ、嘘はつきません」

にらみつけて、富士太郎はさらに問うた。

「若い頃、おまえが八十吉を誘って掏摸仲間に引きずり込んだのは事実だね」

かすかに苦笑いを浮かべて、櫂吉が富士太郎を見返してくる。八十吉の死の驚きからもう立ち直りつつあるのか。それとも、強がりめいたものでしかないのか。

「八十吉が掏摸の仲間になったのは、もう十五年も前のことですよ。樺山の旦那、ずいぶん前のことを蒸し返すものですね。それに、あっしは引きずり込んだわけじゃありませんよ。あの当時、八十吉は仕事に嫌気《いやけ》が差していたんですよ。親方にいわれたことはあまりに簡単すぎて、仕事がつまらなかったそうですよ。加えて、親方がひどく口うるさかったそうで」

「親方が口うるさいのは当たり前だろう、仕込んでくれているんだから。おまえだって、掏摸の技を銀兵衛《ぎんべえ》から口うるさく仕込まれたんじゃないのかい」

「樺山の旦那、銀兵衛じゃありません。銀市《ぎんいち》ですよ」

「掏摸の頭領の名なんざ、どうでもいいよ」

肩をすくめ、櫂吉が軽く息をつく。

「頭領からあっしが厳しく仕込まれたなんてことは、ありゃしませんよ。だって、あっしは掏摸なんかしていませんからね」

「凄腕の掏摸として、今も名があるじゃないか。一度も町方に捕まらなかったんだ、大したものだよ。とにかく、八十吉はおまえに引きずり込まれて、ずっと掏摸をしていたんだろう。八十吉はおまえの手下だったんじゃないのかい」

「とんでもない。ええ、ええ、確かに八十吉は掏摸になりましたよ。それは認めましょう。八十吉は手先がもともと器用ですから、めきめきと腕を上げました。どうやら信州の者は手先が器用な者が多いようですね」

「その手先の器用さを、もっと別のことに使おうとは思わなかったのかい」

「まったく樺山の旦那のおっしゃる通りですね。それで八十吉なんですが、掏摸は長続きしなかったんですよ」

「どうしてだい」

「もともと掏摸が性《しょう》に合わないってのもあったでしょうし、その腕のよさをねたまれて、仲間に半殺しにされそうになったこともありましてね。それで逃げだしたんでさ」

「行方《ゆくえ》をくらませたんだね。おまえたちは八十吉の行方を捜さなかったのかい」

「もちろん捜しましたけど、形ばかりでしたね。一人、若い者が消えたからって、目くじら立てるほどのことじゃありませんよ。ただし、あっしは頭領から雷を落とされましたよ」

「八十吉が逃げ出したのは、いつのことだい」

「もう十二、三年はたちますね」

「八十吉が行方をくらました後、おまえは二度とつなぎを取らなかったのかい」

「ほとぼりが冷めた頃になって、八十吉からつなぎがありました」

「そのとき八十吉はなにをしていたんだい」

唇をゆがめ、櫂吉が首をひねる。

「実は、あっしも詳しいことは知らされなかったんです。あっしからよその掏摸仲間に自分のことが漏れるのを、きっと恐れたんでしょうね。もし会いたくなったら伊那栗《いなぐり》という赤提灯《あかちょうちん》につなぎをくれればいい、とのことでしたよ。そこは八十吉のなじみの店だったんでしょう。八十吉はとにかく酒好きだったんで」

伊那栗かい、と富士太郎は思った。ずいぶん変わった名だね。

「伊那栗という店にいらっしゃれば、なにか聞けるかもしれませんぜ」

櫂吉が勧めてきた。その瞳には、悲しみのような色が浮いている。

櫂吉を見つめて、すぐさま富士太郎はただした。

「櫂吉、おまえ、本当におのれの手で八十吉の仇を討とうと思っているんじゃないだろうね」

肉のない頰を指先でかいて、櫂吉が薄笑いを浮かべた。

「正直、討ちたいのは山々ですけど、あっしに探索の仕事は向いていません。それに、今はもう体が利きませんから。これは本当のことですよ」

「手下どもを動かせば、八十吉を殺害した下手人を見つけ出せるんじゃないのかい」

目に暗い色を宿し、櫂吉が苦い顔をしてみせる。

「本気で八十吉の仇を討つつもりならば、ほかの組にも助けを求めることになるでしょうね。しかし、そいつは無理でさ。目端《めはし》のきく者がどの組にももういませんん。特に若い者がまったく駄目になっちまいましたから」

顔を上げ、真剣な目で櫂吉が富士太郎と珠吉を見る。

「ですので、あっしの頼りは樺山の旦那と珠吉さんだけです。下手人を捕まえて八十吉の無念を晴らしてください。この通りです」

喉の奥から振りしぼるような声を発し、櫂吉が深く頭を下げる。

「大丈夫だよ、櫂吉」

いい聞かせる口調で富士太郎は語りかけた。

「仕事だからね、いわれなくても下手人はとっ捕まえるよ。——耀吉、最近疎遠になっていたとはいっても、一緒に故郷から江戸に出てきた古い友垣が殺されて、やはり悔しくてならないんだね。だったら、掏摸なんて仕事はやめなよ。おまえたちに金を掏《す》られて、首をくくった人も中にはいるかもしれないんだよ。八十吉を失った悲しみが身にしみるんだったら、身内を失った人の悲しみだってわかるはずだ。二度と汚い仕事には手を出さないことだね」

腰を折ったまま、耀吉は顔を上げなかった。

「じゃあ」

別れを告げ、富士太郎は体を返して歩き出した。後ろに珠吉が続く。

春ももう終わりだというのに、わずかに冷たい風が吹き寄せ、富士太郎の裾をめくり上げた。

おわっ。

二

声を上げて、直之進は跳躍《ちょうやく》した。恰好《かっこう》よく着地したつもりだったが、足がわずかに滑り、体勢を崩した。

近くを歩いていた二人の娘が直之進の様子を見て目をみはり、すぐにくすくすと笑い出した。

なにげないふうを装った直之進は鬢《びん》を軽くかいた。

俺としたことが、よろけてしまうなど、まだまだ鍛え方が足りぬな。

口元を押さえた二人の娘が行き過ぎるのを待って、直之進は腰を曲げて路上を見やった。

――おい、おまえのせいだぞ。

雨上がりでもないのに、みみずが這っていた。それを直之進は危うく踏みつけそうになったのである。

――おい、おまえ。早く土に戻ったほうがよいぞ。そうせぬと、死ぬことになる。世の中、そうそうよけてくれる者ばかりではないゆえ。

心でみみずに話しかけて、直之進は道を急ごうとした。だが、すぐに思い直し、かがみ込んだ。

――はて、おまえは道のどっち側へ行こうとしていたのかな。

みみずをつまみ上げ、直之進は道端の土が軟らかい場所にそっと置いた。みみずを手に持つなど、いったいいつ以来だろう。幼い頃なのはまちがいない。あの頃、平気でできたことが、長ずるとできなくなってしまうのはなぜなのか。

――おい、みみず。このあたりに穴を掘って、身をひそめておけ。わかったな。

背を伸ばしてぱんぱんと手を払うと、直之進は再び歩き出した。

小石川下冨坂町《しもとみさかちょう》の自身番を過ぎて半町ばかり進み、歩みを止める。道の左側に建つ一軒の店を直之進は見上げた。

菱田屋と墨書された扁額が屋根に掲げられ、建物の横には口入所と記された看板が張り出している。桂庵《けいあん》菱田屋、と書かれた招牌《しょうはい》が路上に置かれている。

紺色の暖簾を払い、直之進は店内に入った。土間に足を踏み入れると、まわりの壁におびただしい数の求人の紙が貼られていた。

「あっ、湯瀬さまではありませんか」

帳場格子の中で算盤《そろばん》を弾いていた紺右衛門が立ち上がった。

「ようこそいらっしゃいました。湯瀬さま、お一人ですか」

「うむ、そうだ」

「このたびは……」

直之進の目の前まで来て正座し、改めて紺右衛門が頭を下げる。

「いや、菱田屋どのこそ亡き義父の葬儀にご参列いただき、かたじけなく思っている」

そういえば、と直之進は紺右衛門の顔を見て思い出した。紺右衛門の父親の紺《こん》兵衛《べえ》は、二年半ばかり前に死去したはずである。この男は三十路を前に実の父を失ったのだ。そのときの悲しみはいかばかりであったか。

「それで湯瀬さま、今日は」

いかにも実直そうな顔を紺右衛門が向けてきた。

「菱田屋どのに、ききたいことがあってまいったのだ」

真剣な表情で直之進は申し出た。

「さようでございますか。でしたら、こちらにおいでください」

「かまわぬのか。忙しくはないか」

「なに、大丈夫でございますよ。暇《ひま》に飽《あ》かして算盤をいじっていただけでございますから」

紺右衛門の案内で、直之進は奥の座敷に招かれた。立派な襖は廊下側に『和』

と大きく記され、室内側には『合』とある。和合《わごう》という言葉は、琢ノ介から聞いたところによれば、紺右衛門の信念であるはずだ。

「いい季節になりましたな」

右手の腰高障子《こしだかしょうじ》を静かに開け、紺右衛門が外の風を入れた。部屋からは緑濃い庭が見渡せる。

直之進の前に着座し、紺右衛門が一礼した。

「いまお茶を支度させております。しばしお待ちくださいませ」

「いや、お気遣いなきよう」

失礼します、と声がかかって襖が横に滑り、若い女が顔を見せた。

「お茶をお持ちいたしました」

ありがとう、と紺右衛門がにこりと笑いかける。

茶托を直之進と紺右衛門の前に置き、その上に湯飲みをのせて娘は去った。目で女を見送った紺右衛門が、直之進に顔を戻した。

「今の娘さんは、うちの寮に住まわせている者です。奉公先が決まるまで、そこで過ごしているのですよ」

「そうであったか。菱田屋どのに奉公先を世話してもらえるとは、あの娘も運がよい」

紺右衛門はとにかく面倒見がいいのだ。奉公先まで出張り、奉公人たちがまじめに仕事に励んでいるか、逆に奉公先が奉公人に対し、ひどい扱いをしていないか、しっかりと確かめている。ここまでしてくれる口入屋は江戸広しといえども、そうはないだろう。

「とんでもない。うちなど、まだまだでございますよ」

笑みを消し、紺右衛門がわずかに身を乗り出した。

「湯瀬さま、おききになりたいことがあるとのことでしたが」

うむ、と直之進は顎を引いた。

「菱田屋どのは、おみわ、という女性《にょしょう》を存じているか」

えっ、と一瞬、紺右衛門が戸惑う顔つきになった。

「はて、一人、心当たりがございます。もしや、そのおみわさんというのは、磐井屋さんの娘さんのことでございましょうか」

「その通りだ」

勘がいいというのか、すぐに磐井屋の名が出たことに直之進は舌を巻いた。

「それにしても、なぜ湯瀬さまがおみわさんのことをおききになるのですか」

もっともな疑問である。どういうわけでおみわという女を捜しているのか、直之進は隠し立てすることなく語った。

「さようでございましたか。米田屋光右衛門さんのご遺言で……」

聞き終えた紺右衛門は納得の顔つきだ。

「おみわという女性に対して、舅どのにはよほど心残りがあったと見える」

一瞬、光右衛門の面影が直之進の脳裏をよぎっていった。下を向いたが、すぐに顔を上げて、直之進は紺右衛門と目を合わせた。

「磐井屋という店のあるじはなんというのかな。義父の恩人で、おみわどのの父親だが」

「はい、聖兵衛《せいべえ》さんとおっしゃいました」

「もうご存命ではないのだな」

「はい、だいぶ前に亡くなりました」

暗い顔で紺右衛門が答えた。

「磐井屋は今どうなっている」

「潰れております。押し込みに遭い、聖兵衛さんは殺されました」

「押し込みだと」

それは思いも寄らなかった。

「さようにございます。大黒柱を失って店は傾き、あっという間に潰れてしまった由《よし》にございます」

「押し込みに遭ったのはいつのことだろう」

大きく目を見開いて、直之進はきいた。

「手前もまだ幼い頃のことで、はっきりとはわかりかねますが、もう二十四、五年ばかり前のことではないでしょうか。手前が四、五歳の頃のことかと存じます」

そのとき光右衛門は三十四、五といったところか。つまり、おはると一緒になった頃ということになる。

恩義のあるあるじの店が押し込みにあったあとに、光右衛門が祝言をしたとは思えない。

おそらく光右衛門の結婚のほうが、押し込みよりも早かったのだろう。光右衛門の性格からして、恩人の死のすぐあとに祝言を挙げるはずがない。もし仮に光右衛門の祝言が押し込みよりも遅かったとしたら、喪が明けるのを待って祝言を行ったはずである。

「押し込みに遭ったとのことだが、おみわという娘は無事だったのだな」

「ええ、無事でした」

「殺されたのは聖兵衛だけか」

「いえ、ほかにもいらっしゃったのかもしれませんが、申し訳ありません、手前にはわかりかねます」

「そうか。それはこちらで調べれば明かされよう」

畏れ入ります、と紺右衛門が頭を下げた。

「磐井屋に押し込んだ下手人は、挙がったのかな」

「申し訳ありません。それも手前にはわかりかねます。しかし、捕まったと聞いた覚えが手前にはありません」

間を置くことなく、紺右衛門が続ける。

「古株の番頭がおればもっと詳しい話が聞けるはずなのですが、今は相模国《さがみのくに》へ出張《でば》っております。もうじき戻ることになっているのですが、まことに申し訳ございません」

「いや、謝ることはないのだ。こちらが勝手に押しかけてきたのだからな」

軽く首を振って、直之進は笑みを浮かべた。

「磐井屋に血縁はいるのかな」

「それも手前にはわかりません」

あまりにわからないことだらけで、紺右衛門は身を縮めている。

「いや、なにもそんなに恐縮することはないのだ。菱田屋どの、磐井屋の場所は存じているかな」

ほっとしたように紺右衛門が笑いを漏らす。

「それは知っております」

紺右衛門が教えてくれた道筋を頭に叩き込んだ直之進は、厚く礼をいって立ち上がった。

かしこまって座ったまま、控えめな目で紺右衛門が見上げてくる。

「ろくにお役に立てませんで、まことに申し訳ありません」

「そんなことはない」

強い口調で直之進は否定した。

「忙しいのに、ときを割《さ》いてもらい、とても助かった。菱田屋どのには、頭が下がる思いだ。琢ノ介も、菱田屋どのを見習って仕事に励んでいる。もしなにか気づいたことがあれば、遠慮なく琢ノ介に注意してやってくれぬか。俺からも頼む」

「承知いたしました。しかし、手前がなにもいわずとも琢ノ介さんは、いや、米田屋さんは大丈夫でございますよ。なにしろ仕事熱心ですから」

直之進を見送ろうと立ち上がった紺右衛門が言葉を継ぐ。

「熱心な人はあれこれいわずとも自分で道を見つけ出し、どっしりと着実に足を進めることができます。それはもちろん仕事に限りませんが、なんにしろ、脇目も振らずに、というのはこの上なく大事なことでございましょう。人生に一度くらい、そういう時期があったほうが人にとってはよいのではないかと、手前は勘《かん》考《こう》いたします」

脇目も振らずか、と直之進は考えた。俺にはそういうときがあっただろうか。若い時分の剣術修行は相当打ち込んだと思うが、あれもまだまだ足りなかったとはいえないだろうか。

紺右衛門の言葉は、もう一度おのれを鍛え直す時期がきているのだ、という天の教えなのかもしれない。

「では、これにて失礼する」

風通しのよい部屋を出た直之進は廊下を通り、店の土間を抜けた。暖簾を払って外に出ると、太陽の光がずいぶんとまぶしかった。夏の近さを思わせる陽射しである。

江戸でこんなにまぶしいのなら、常陸国ではもっと強い陽射しが降り注いでいるのではあるまいか。

直之進の脳裏に、光右衛門の骨を運びさった波のきらめきがよみがえった。

「湯瀬さま、お気をつけていらしてください」

「かたじけない。菱田屋どの、忙しいところをすまなかった」

「とんでもない」

紺右衛門の見送りを受けて、直之進は南に向かって歩きはじめた。

大通りに出て、すぐに東を目指す。

——このあたりかな。

直之進がやってきたのは、湯島三組町《ゆしまみくみまち》である。そばを通りかかった行商人にきいてみると、果たして目の前の場所が磐井屋のあったところだった。

なにごともなかったかのように、今は別の店が建っている。伊祖屋《いそや》という味噌《みそ》屋である。大勢の客が出入りし、繁盛している様子だ。

きっと、質のよい味噌を扱っているのだろう。今は町人たちの舌も肥えてきて、ただ安いだけの味噌では売れなくなってきていると聞いた。うまければ、少々値が張ろうが、購《あがな》う者が増えているそうである。

それにしても、ずいぶん平和な光景よな。

昔この地にあった店が押し込みに遭ったことなど、誰も覚えていないだろう。知らない者がほとんどではないか。

二十四、五年も前のことか、とつぶやいて直之進は目を閉じた。男の叫び声が聞こえたような気がして、目を開ける。血まみれの死骸が横たわる光景が脳裏に映り込んだ。

なにゆえ口入屋が押し込みに遭ったのか。そんな疑問が浮かび上がってきた。磐井屋はたんまりと貯め込んでいたのか。

だが、口入屋よりも富裕な商家など枚挙《まいきょ》にいとまがないだろう。

磐井屋に押し込んだ者たちがなにゆえそんな暴挙に出たのか、調べなければならぬ。

富士太郎に聞ければよいのだろうが、押し込みがあったときにはまだ生まれていない。

直之進は湯島三組町の自身番に向かった。

自身番の戸は開いており、御免、といって直之進は足を踏み入れた。

三畳の畳敷きの間で、なにか書き物をしていた男が驚きの顔を見せた。自身番に詰めているのはこの男一人だけだ。書役《かきやく》かもしれない。かなり歳のいった男で、押し込みの話を聞くには恰好の者かもしれない。

にこりと笑って直之進は朗々と名乗った。

「湯瀬さまとおっしゃいますか。手前は善太夫《ぜんだゆう》と申します。それで湯瀬さま、なにか御用でございますか」

しわがれた声で善太夫がきいてきた。うなずいて直之進は、磐井屋の押し込みのことを聞きたいのだ、と述べた。

「磐井屋さん……」

最初は記憶がよみがえらなかったようだが、すぐに善太夫は、ああ、と声を上げた。

「あれはずいぶん前のことでございますね」

「うむ、その通りだ。二十四、五年前のことだと聞いている」

「なぜ湯瀬さまはそのような昔の押し込みの話をお聞きになりたいのでございま

すか」

「人捜しをしているのだ。磐井屋の娘のおみわという女性だ」

「ああ、おみわちゃん。おりましたなあ」

懐かしげな声を出し、善太夫が柔和に頬をゆるめる。

「かわいいお子でしたよ。聖兵衛さんが五十五のときにようやくできた娘さんです。まさに目に入れても痛くないといったかわいがりようでしたな」

「おぬし、おみわの消息を知らぬか」

「磐井屋さんが押し込みに遭った際、聖兵衛さんが殺されたことを湯瀬さまはご存じですか」

「うむ、知っておる」

「聖兵衛さんの身内は、押し込みにやられた当時、すべて亡くなっていたんです」

「親戚は」

「江戸に親戚は一人もいなかったんですよ。おみわちゃんは五つぐらいでしたかねえ、聖兵衛さんの遠い縁者である在所《ざいしょ》の者が引き取ったんですよ」

「在所というと」

「あれは確か……」

　天井を見つめ、善太夫が思い出そうとしている。

「下野国《しもつけのくに》でしたね。当時は村の名も聞きましたが、とうに失念してしまいました。ああ、確か都賀郡《つがごおり》だったような……。あれは何村だったか」

「そうか、下野の都賀郡か」

「妙な名の宿場の近くでしたねえ。——ああ、間々田《ままだ》宿ですよ。おみわさんは間々田宿近くの村に住む縁者に引き取られたんです」

　だが二年前、光右衛門は江戸でおみわに生き写しの娘を見ている。それは、やはりおみわの娘だったのではないだろうか。

「おみわが下野に行ったあとの消息は知らぬか」

「すみません、そこまでは存じません」

　そうか、といって直之進は考えに沈んだ。

　やはり、今おみわは江戸にいると考えて調べたほうがいいのだろう。どうしても見つからなければ、下野国に足を運ぶことも頭に入れておかねばならない。

「ところで、磐井屋に押し込んだ者は捕まったのか」

　いいえ、と残念そうに善太夫が答えた。

「それが捕まっていないのですよ。もう捕まることはないでしょうな」

あきらめたように善太夫がつぶやく。

「磐井屋が押し込みに入られた際、あるじの聖兵衛以外に、犠牲になった者はいなかったのか」

「おりました」

悲しみの色を面にあらわして善太夫がうなずいた。

「聖兵衛さんの女房のおきょうさんと、二人いた奉公人ですよ。二人の奉公人は働き盛りでしたよ。二人とも三十を過ぎたばかりでしたからねえ。気の毒でしたよ」

「押し込みは金目当てだったのか」

「どうやらそのようですね。磐井屋さんがそんなに貯め込んでいたという噂は聞かなかったんですけどねえ」

「どのくらい奪われたか、知っているか」

「五十両ばかりではないか、と手前は聞きましたよ。そういうふうに八丁堀のお役人がおっしゃっているのを小耳に挟みましたから」

ほかになにか聞くことがあるか、直之進は自問した。なにも思い浮かばず、善太夫に礼をいって自身番を出た。

下野国か、と歩きながらつぶやく。さすがに遠い。まずは、と直之進は考えた。光右衛門がそれらしい女の子を見たという白鬚の渡しに行き、川向こうを捜してみるべきだろう。

第三章

一

揺り起こされた。

目を開けると、すぐそばに智代《ともよ》が座って熱い瞳で見つめていた。

――こいつは夢かな。それとも、うつつだろうかね。

きっと夢に決まっているさ。そうさ、夢なら抱き締めても大丈夫だよ。

――いや、待て。

智代に向かって伸ばしかけた手を、富士太郎はすっと止めた。以前味わった痛みが不意に脳裏を走り抜けたのだ。寝ぼけて智代を抱き寄せようとしたところを母の田津《たづ》に見つかり、したたかにはたかれたことがある。その痛みである。

また同じしくじりを繰り返すわけにはいかないからね。そんな馬鹿なことをするのは、愚か者だけだよ。

よっこらしょ、といって布団の上に起き上がり、首を振って富士太郎はしゃんとした。

じっと目を据える。智代が消えていなくなるようなことはなかった。

やっぱり本物だったよ。

「おはようございます、富士太郎さん」

正座した智代が明るい声音で挨拶してきた。

「ああ、智ちゃん、おはよう」

余裕を持って富士太郎は返した。まあ、不埒《ふらち》な真似をしなくて本当によかったよ。おいらも少しは成長したといえるのかな。

「富士太郎さん、お客さまです」

待ちかねたように智代が告げた。

「えっ、こんな朝早くにかい。どなただい」

「湯瀬さまです」

えっ、と富士太郎はさらに驚かされた。

「直之進さんが——」

すぐに立ち上がり、富士太郎は寝巻を脱いだ。着替えを智代が手伝ってくれる。

「湯瀬さまには、お上がりくださるように申し上げたのですが、こちらでよい、と今も玄関で待っておられます」

「どんな用件なのか、直之進さんはおっしゃったかい」

帯をぎゅっと締めて、富士太郎はきいた。

「いえ、それについてはなにも。富士太郎さんに、じかにお話しになりたいのではないでしょうか」

着替えを終え、富士太郎は部屋を出た。智代は富士太郎の布団を上げはじめたようだ。

ありがとうね、と心で礼をいって富士太郎は足早に暗い廊下を進んだ。刻限はまだ明け六つになっていないだろう。雨戸の隙間や節穴《ふしあな》から光の筋は一条も入り込んでいない。

よかったよ、と富士太郎は安堵した。直之進さんとおきくちゃん、なにごともなく常陸から戻ってきたんだね。でもやっぱり、こんなに早く直之進さんが見えるなんて珍しいことだよねえ。お土産《みやげ》でも持ってきてくれたのかな。いや、ちがうね。お土産なら、なにも朝早く持ってくる必要はないもの。まさか、お土産が生《なま》ものだからってことはないよねえ。

そんなことを考えつつ富士太郎が玄関に赴《おもむ》くと、笑顔の直之進が立っていた。

「直之進さん、どうされたんですか、こんなに早く」

朝の挨拶もそこそこに富士太郎はたずねた。玄関から外が見えているが、やはりまだ夜のとばりは降りたままである。

「迷惑も顧《かえり》みず、まことにすまぬ。実は、富士太郎さんに調べてほしいことがあるのだ」

遠慮がちに直之進が述べる。

「はい、どのようなことでしょう」

「忙しいところ、まことに恐縮でならぬのだが、二十四、五年前にあった押し込みのことを調べてもらいたいのだ」

「ほう、ずいぶん前のことですね」

「うむ。湯島三組町にあった磐井屋という口入屋が押し込まれ、主人夫婦と二人の奉公人が殺された事件があった。その詳細を知りたいのだ」

「わかりました。出仕したらさっそく調べてみましょう」

富士太郎は快諾した。直之進がほっとした顔を見せる。

「かたじけない」

ふと富士太郎は気づいた。

「直之進さん、もしや磐井屋さんという口入屋は――」

にこりと直之進がほほえむ。

「相変わらず富士太郎さんは勘がいいな。さすがとしかいいようがない。磐井屋というのは、舅どのが米田屋を興す前に修業していた店だそうだ」

「やはりそうでしたか。前に、そんなことを聞いたような気がしたのですよ。それにしても、先代の米田屋さんが修業された店が二十四、五年前に押し込みに遭っていたのですか」

「どうもそのようだ。富士太郎さん、実は――」

光右衛門の故郷常陸で受け取ってきた遺言状のことを、直之進が語る。

「なるほど、先代の米田屋さんの遺言で、直之進さんはおみわさんという女性の行方を捜し出さなければならなくなったわけですね」

うむ、と直之進が顎を引いた。

「その遺言状によると、舅どのは二年ばかり前、江戸でおみわという女性にそっくりな女の子を見かけたそうだ。どうやら、舅どのはその子がおみわどのの子ではないかとにらんでいたようでな」

言葉を切り、直之進がわずかに間を置く。

「おみわどのが誰かと一緒になり、その人の子を産んで幸せに生きているのなら、それでいいのだが、店が押し込みに遭ったというのはやはり尋常ではない。それで富士太郎さんを頼ろうと考えたのだ」

「事情はよくわかりました。直之進さんに頼りにしていただいて、それがしはうれしくてなりませんよ。──おみわさんですね。それがしもその名を気にかけて、町廻りをするようにします」

「そいつは助かる」

「それで直之進さん、常陸はいかがでした」

気にかかっていたことを富士太郎はきいた。

「おきくと一緒に行ってきたが、舅どのの故郷は日が燦々《さんさん》と輝いて、とても明るいよい村であった。いかにも富裕そうな村だったな。今は葱が名産になっているようだ」

「ほう、葱ですか。それがしの好物ですよ」

「俺も大好きだ。種まきをしたばかりらしく、今回は食することはできなかったが、どうやら江戸にも出荷しているようだ。もし常陸の青塚村の葱を見かけたら、買ってみるつもりだ。そのときにはお裾分《すそわ》けしよう」

「本当ですか、楽しみですよ。先代の米田屋さんの故郷の葱なら、きっとおいしいでしょうね」

「俺もそう思う」

穏やかに笑って直之進が頭を下げる。

「では富士太郎さん、押し込みの件、よろしくお願いする」

「わかりました。任せてください」

胸を叩くように富士太郎は請け合った。

「では、これで失礼する」

深く礼をいって、直之進は去っていった。

ああ、もう帰ってしまったよ。もっと話をしていたかったねえ。おみわという女性を捜さなければいけないから、直之進さんも忙しいんだね。

その後、智代の心のこもった朝餉を終えた富士太郎は八丁堀《はっちょうぼり》の組屋敷を出た。

腹一杯で、歩くのが少しきついくらいだ。智代のつくる朝食はおいしすぎて、つい食べ過ぎてしまう。今日も、お代わりを三杯もしてしまった。

歩き出した富士太郎が振り返ってみると、門脇に智代が立ち、見送ってくれていた。

にっこりと笑みを浮かべた富士太郎は、それとわかる程度に小さく手を振った。付近にはこれから出仕しようとする者が大勢おり、大きく手を振るのは気恥ずかしかった。

そのことがわかっているようで、智代も小さく手を振り返してきた。それだけで富士太郎の心は満たされた。

早く一緒になりたいねえ。いや、望んでいるだけじゃ駄目だね。いろいろなことをてきぱきと決めていかないと。

町奉行所の同心詰所《つめしょ》でしばらく書類仕事をしたのち、富士太郎は書庫に赴いた。

「失礼します」

重い扉を開けると、四畳半の暗い部屋の隅に行灯がともっていた。その奥に取調帳がどっさりおさまった書棚が、いくつもある。かび臭いにおいが強いが、いかにもそれが書庫らしくて、富士太郎は嫌いではない。

それでも、この書庫の中に長くいると、必ず息苦しくなるのは、やはりかび臭さのせいだろうか。

「おう、富士太郎ではないか」

書棚の陰から顔をのぞかせたのは、例繰方《れいくりかた》同心の羽佐間《はざま》壱ノ進《いちのしん》である。

「羽佐間さん、おはようございます」

「うむ、おはよう」

書棚と書棚の狭い通路をするすると抜けて、壱ノ進が近づいてきた。分厚い取調帳を重たげに手にしている。富士太郎を見て、にこにこしている。もう五十をいくつか過ぎているはずだが、ほっそりとした体つきがそう見せるのか、まだ四十代半ばでも通りそうな歳に見える。

「どうした、富士太郎、こんなに早く」

柔和に目を細めて壱ノ進がきいてきた。手近にある文机《ふづくえ》の上に、分厚い取調帳を静かに置いた。いかにも古そうな書物で、もし手荒に扱ったら、あっという間にばらけてしまいそうだ。

「はい、二十四、五年前の押し込みについて調べにまいりました」

「ほう、それほど昔のことではないな。すぐにわかるぞ」

えっ、と富士太郎は驚いた。

「二十四、五年前のことは、さほど昔のことではありませんか」

「当たり前だ。ここには江戸に幕府が開かれて以降、二百年以上にもわたる記録がすべて残されているのだ。どのような犯罪がこの江戸で行われたか、どんな理由があって下手人が罪を犯したのか、下手人に対してどのような裁きが下されたのか、さらには、検死の留書《とめがき》や証人の証言の記録もある」

いったん言葉を止め、壱ノ進が深く息を吸った。そうしないと、声が続かないとでもいいたげだ。

「この書庫にいると、頭が重くなり、体が押し潰されるような心持ちになることがあるが、それは二百年以上もの犯罪の記録がぎゅっと押し詰まっているからであろうな」

「羽佐間さんでもそうなのですか」

「それはそうだ。ここに漂う気の重さに慣れる者など、そうはおらぬぞ」

「羽佐間さん、今朝はお一人ですか」

「うむ、あとの三人は詰所で書類を作成しておる」

例繰方同心は定員が四人である。昔に下された裁きを調べ上げ、いま行われている裁きにぴたりと合う先例を見つけ出さなければならない。手間のかかる作業だ。

「わしもちと調べ物をしてから、すぐに詰所に行かねばならぬ」

「さようですか」

「いや、富士太郎の頼みごとくらい、すぐに調べてやろう。二十四、五年前の押し込みといったな。あの頃は人心が乱れていたのか、けっこう押し込みがあってな」

ぶつぶついいながら、壱ノ進の目は書庫を探っている。

「押し込みに遭ったのは、なんという店だ」

「はい、磐井屋さんです」

「磐井屋か。うむ、覚えがあるぞ。磐井屋といえば、確か口入屋ではなかったかな」

「その通りです」

「やはりそうだったか。――こいつかな」

手を伸ばし、壱ノ進が一冊の取調帳をつかんだ。手のうちで広げ、中身を改める。

「ちがうな」

壱ノ進は何冊か他の取調帳をめくっていたが、結局、見つけられなかったようだ。すまなさそうに壱ノ進が富士太郎を見る。

「申し訳ないが、富士太郎、すぐに見つかりそうもないわ。おぬし、これから町廻りか。いや、殺しの探索だったな。両手の指をすべて切り取られた仏は、富士太郎の担当だろう」

「ご存じでしたか」

「おまえが帰ってくるまでに必ず調べておくゆえ、許せ」

「承知いたしました。お手数をおかけして、まことに申し訳ありません」

「富士太郎、そのようなことはいわずともよいのだ。古い事件を調べること、これがわしらの役目だ。それにしても、すぐに目当ての取調帳を取り出せぬとは、わしも耄碌《もうろく》したものよ」

厚く壱ノ進に礼をいって富士太郎は書庫を出た。足早に大門へ向かう。

「おはよう、珠吉。待たせたね」

大門を抜けたところで珠吉に会い、朝の挨拶をかわした。

「遅くなったのは、ちょっと例繰方の羽佐間さんに会いに行っていたからだよ」

富士太郎は事情を珠吉に説明した。

「さようですかい。湯瀬さまがそんな朝早くにお屋敷に見えたんですか」

「うん、忙しそうにされていたよ。よし、珠吉、行こうか」

自らにかけ声をかけるようにして富士太郎は歩き出した。後ろを珠吉がついてくる。

「――ふむ、おみわちゃんか」

そのつぶやきを聞いた富士太郎が振り向くと、下を向いて珠吉が考え込んでいた。

「おっ、珠吉、心当たりでもあるのかい」

「いえ、ちょっとその名に覚えがあるような気がするだけですよ。磐井屋さんの押し込みについては、あっしたちも必死に調べましたからね」

「ああ、そうか。そりゃそうだね。父上の縄張だったんだろうからね」

「いや、実はそうじゃねえんですよ。二十四、五年前というと、先代の旦那は今の旦那とは異なる縄張を回っていらっしゃいました」

「えっ、そうだったのかい。そいつは初めて聞いたよ」

「当時、今の旦那の縄張を担当されていたのは戸張弓作《とばりゆみさく》さまですよ」

「戸張さまか。お名だけは聞いたことがあるが、おいらは会ったことがないんだよね」

「さいでしょうね。戸張さまが先頭に立って磐井屋の押し込みの探索を必死に行ったんですけど、結局、下手人はわからずじまいでしてねえ。その無念さの中で戸張さまは病に倒れ、お亡くなりになられたのですよ。その後、担当替えがあり、先代の旦那は今の旦那の縄張を受け持つことになったんです」

「ふーん、そうだったのかい。珠吉、おいらたちの手で磐井屋に押し込んだ下手人を挙げられたらいいね」

「それはそうですねえ」

きらりと珠吉が目を光らせる。

「今になって磐井屋さんのことを調べ直す機会がやってきたということは、きっとそういうことなんでやしょう。樺山富士太郎という町奉行所一の切れ者に、調べ直してみよ、と神さまがお命じになったにちげえねえんですよ」

「へえ、神さまの仰せかい。そいつはずいぶんと大袈裟《おおげさ》だね」

「いえいえ、きっとそうに決まってますよ。あっしは思うんですがね、旦那、人生に偶然はあり得ねえ。すべては、はなから筋書が決まっているものなんですよ」

「ほう、そういうものかねえ」

「旦那も歳を取ってみりゃ、わかりますよ。その上で自分のことを振り返ってみるんです。必ずすべてがつながっている気がしますぜ」

「じゃあ、珠吉もそうなんだね」

「ええ、その通りですよ。最初から書かれた筋通りに人生を歩んできたような気がしてならねえ。——ところで旦那、今どこに向かっているんですかい。伊那栗ですかい」

「ああ、そうだよ」

「あるじは、帰ってきていますかね」

「帰ってきているのを願うよ」

　必ず話が聞けるさ、と自らにいい聞かせて富士太郎は足を速めた。遅れることなく珠吉がついてくる。

半刻ばかりのち、富士太郎と珠吉は末寺町《すえでらまち》にやってきた。

町の西側に、若狭《わかさ》小浜《おばま》で十万二千石余を領する酒井《さかい》家の宏壮《こうそう》な下屋敷が見えている。

居酒屋の伊那栗はすぐに見つかった。末寺町はもともと町自体が狭い。

「おっ、やっているようですね」

珠吉が弾んだ声を上げた。どうやら陽のあるうちは一膳飯屋をしているようで、朝の一仕事を終えた連中でにぎわっている様子だ。長床几《ながしょうぎ》や小上がりに腰を下ろして、朝飯をがっついている。

「旦那、朝餉は食べてきましたかい」

珠吉がきいてきた。

「もちろんだよ。食べ過ぎたくらいさ」

「智代さんは、相変わらず包丁が達者のようですね」

「すばらしいよ。珠吉はまさか食べていないのかい」

「もちろん食べてきましたが、あの者たちの食べっぷりを見ていたら、ちょっと小腹が空いてきちまいやしたよ」

珠吉は舌なめずりをしている。はは、と富士太郎は笑った。

「いつも通り、珠吉は若いね」

すぐに笑いをおさめ、富士太郎は伊那栗に歩み寄り、土間に立った。

「いらっしゃい」

明るい声を上げて、小女が近づいてきた。目がくりくりして、かわいらしい娘である。

「お食事ですか」

「いや、ちょっと話を聞きに来たんだ。店主はいるかい」

魚でも焼いているのか、煙がもうもうと上がっている厨房にそれらしい男がいた。ねじり鉢巻をして、真剣な目で菜箸《さいばし》を使っている。あれが今助《きんすけ》だろう。

調理に熱中しているように見えて、すでに富士太郎たちに気づいている。今助の醸《かも》し出す雰囲気から、富士太郎にはそうと知れた。

ふむ、なかなか目端のきく男だね。

「ちょっとお待ちください。――旦那さん」

足音も軽く駆け寄り、小女が声をかける。

「八丁堀の旦那がお見えです」

それで初めて気づいたように今助が顔を上げた。魚を菜箸で持ち上げ、皿に移す。

「上がったよ」

小女がその皿を手に取り、膳に移す。それを客のもとに運んでゆく。

火の様子を見てから鉢巻を取り、今助が厨房を出てきた。富士太郎と珠吉に向かって丁重に腰を折る。

「おまえさんが今助かい。忙しいところをすまないね」

いえ、と今助がかぶりを振る。

「朝の忙しさも、ちょうど一段落したところですから」

富士太郎が広くもない店内を見回すと、誰もが箸を使っていた。待っている者は一人としていない。客の誰もが富士太郎たちにうかがうような目をちらちらと向けてくる。駕籠かきや人足が客の大半であろう。臑《すね》に傷持つ者が少なくないのだ。

今助が、富士太郎の言葉を待つような顔をしている。歳は五十代の半ばか。六十にはまだ少し間があるようだ。顎が張り、いかつい顔をしているが、目の色がとても澄んでいる。この男は意外に優しいのかもしれない。

「実をいうと、昨日もここに来たんだよ。でもおまえさんは、常連客と一緒に板《いた》橋宿《ばし》へ泊まりで遊びに出かけたと聞いてね」

「ああ、そりゃすみません」

ぺこりと頭を下げ、今助が詫びる。

「板橋だけでなく、千住《せんじゅ》や品川《しながわ》なんかにもときたま息抜きに出かけるものですから」

「楽しかったかい」

板橋宿だけでなく千住や品川にも飯盛女《めしもりおんな》を置く旅籠が数多くあり、江戸や近在から大勢の男が押し寄せる歓楽街となっている。

「ええ、もちろんですよ。あっしは独り身なんで、ああいうところはありがたいですね」

「おまえさん、信州の出かい」

「ええ、そうです。伊那ってところですよ。あっしの生家の庭に大きな栗の木がありましてね、餓鬼《がき》の頃は秋にその実を拾うのが楽しみだったんです」

「それで、店の名を伊那栗にしたのかい」

「さようで」

次々に客が席を立ち、富士太郎たちを剣呑《けんのん》な目で見ながら勘定をすませてゆく。混雑していた店の中が、あっという間に空きだらけになった。

「商売の邪魔だね、おいらたちは」

「いえ、そんなことはありゃしません。——おかけになりますか」

今助が手近の長床几を指し示す。

「じゃあ、遠慮なく」

富士太郎は腰かけたが、珠吉と今助は立ったままだ。お座りよ、といったところで珠吉は聞かないから、富士太郎もいわない。

「それで話というのはなんですか」

今助のほうから水を向けてきた。

「おまえさんが信州から出てきたのは、若い頃だったんだろうね」

「ええ、さようです。近在の村の若い者と一緒でした」

「この店を持つには、やはり並大抵でない苦労があったんだろうねえ」

「いえ、苦労なんてしちゃいませんよ。あっしは運がよかっただけですから」

「でも、大したものだよ」

嘘偽りでなく、富士太郎はほめた。それが伝わったか、今助の顔から緊張の色が取れた。それを見て取り、富士太郎は問うた。

「ところでおまえさん、八十吉という男のことを覚えているかい」

富士太郎はじっと見たが、今助の表情に揺れはあらわれなかった。

「ええ、覚えておりますよ」

「最近、会ったかい」

「いえ、会っていませんねえ」

これも嘘をついているように見えない。

「八十吉に最後に会ったのはいつだい」

「えっ、最後ですか——」

難しい顔をして今助が考え込む。

「やつは、もう何年も顔を見せていませんからね。最後に会ったのは、今から五年ばかり前じゃないでしょうか」

「そうかい。八十吉は酒が好きだったのかい」

「よく飲みましたね」

「八十吉がここに来るようになったのは、どうしてだい」

あの、と今助がいった。

「その前にちょっとよろしいですか。八丁堀の旦那は、どうして八十吉さんのことをそんなにおききになるんですか」

「八十吉が殺されたからだよ」

「ええっ、本当ですか」

目を大きく開き、口をぽかんと開ける。この驚きぶりにも、わざとらしさは感じられない。

「嘘はいわないよ。胸を刺されてね、その上、両手の指をすべて切り取られていたんだよ」

「指のない仏の件なら、噂で聞きましたよ。確か関口水道町でしたね。そうか、あれが八十吉さんだったのか……」

悲しみの色をたたえたまま、今助はしばらく言葉を失ったように黙っていた。

「ああ、この店に来るようになったきっかけでしたね」

気持ちを入れ直したように、今助が口を開く。

「誰かが同じ信州の出だからって、連れてきたんですよ」

「連れてきた者が誰か、覚えているかい」

「いやあ、覚えていませんね。確か八十吉さんは、その男とは賭場《とば》で知り合ったというようなことをいっていましたが。八十吉さんは錺職人の家で働いていたらしいんですけど、そこを出てからは、賭場で知り合った者の家を転々としていたようですよ」

「ほう、八十吉は賭場に出入りしていたのか」

今助を見つめて、富士太郎は続けた。

「八十吉は、なにかあればこの店につなぎをくれるように、櫂吉という男にいったらしいんだけど、そのことは覚えているかい。櫂吉というのは、掏摸の元締なんだけどね。櫂吉も信州の出だ」

「ああ、さようですか。そういえば、櫂吉という名に覚えがありますよ。でも、一度たりとも、その櫂吉さんという人からつなぎはありませんでしたよ」

そうかい、と富士太郎はいった。

「八十吉がよく行っていた賭場がどこか、聞いたことはないかい」

「ああ、ありますよ。――ちょっと待っていただけますか。いま思い出しますから」

額に手を当て、今助が頬をふくらませた。必死に記憶の糸をたぐり寄せようとしているのが伝わってくる。

不意に今助が顔を上げた。目が輝いている。

「思い出しましたよ。あれは永之助《えいのすけ》親分のところですね」

「ありがとう、よく思い出してくれたね。永之助なら聞いたことがあるよ。駒込《こまごめ》追分《おいわけ》の永之助だね」

心の底から富士太郎は礼を述べた。

「お役に立ちそうですか」

「もちろんだよ」

「八丁堀の旦那、八十吉さんとはここしばらくつき合いが絶えていましたけど、どうか、下手人を捕まえてやってください。八丁堀の旦那が捕らえてくだされば、八十吉さんの無念も少しは晴れるでしょうから」

「うん、よくわかっているよ。全力を尽くして下手人を挙げるからね」

在所の者はどこもそうかもしれないが、特に信州者は同郷の絆が強いのかもしれない。


がまのような面構えをしている。

「おまえが永之助かい」

しげしげと見て富士太郎は確かめた。

「さようで。お初にお目にかかります。どうか、お見知り置きを」

頭を下げ、永之助が両手を畳にそろえる。

「なかなかいい畳だね。賭場がよほど儲《もう》かっていると見えるね」

「とんでもない」

顔を上げた永之助が手を振る。

「あっしらは賭場なんてやっていませんから」

「嘘なんて、いわずともいいよ」

「いえ、本当ですから」

必死の顔で永之助がいい張る。

「いいかい、永之助。おいらたちは賭場のことで来たんじゃないんだ。八十吉のことで来たんだよ」

いわれて永之助がぽかんとした。なんでここで八十吉の名が出てくるのか、といいたげな顔だ。

「いま旦那は八十吉とおっしゃいましたか」

「うん、いったよ」

「八十吉がどうかしたんですかい」

「殺されたんだよ」

「げげっ」

なにかを吐き出すような声を発し、永之助がのけぞる。

「い、いったい誰が殺したんですかい」

「それをいま調べている最中だよ。おまえが殺《や》ったんじゃないだろうね」

「め、滅相《めっそう》もない」

「おまえ、そんなに驚くってことは、最近も八十吉とつき合いがあったんだね」

「ええ、まあ」

「賭場の大事な客かい」

「まあ、そうですね。金遣いがとてもよかったものですから」

「おまえたちにとっては、金遣いの荒い客ほど上客ってことだね」

表情を引き締め、富士太郎は永之助を見据えた。

「おまえ、八十吉殺しの下手人に心当たりはないかい」

「ありません。本当です。賭場にはよく来ましたが、それ以上のつき合いはなかったものですから」

「一緒に飲みに行ったこともないのかい」

「ええ、ありやせん。あっしは下戸《げこ》なものですから」

「おまえさんが下戸かい。好きそうな面をしているけどね」

「よくいわれますけど、本当に飲めねえんですよ」

「人は見かけによらないんだね」

「——でも旦那」

不意に永之助が声を低くした。

「あの八十吉って男、ありゃ、盗人《ぬすっと》ですぜ」

さすがに驚いたが、富士太郎はその思いを顔には出さなかった。

「どうしてそう思うんだい」

「八十吉って男がなにをして稼いでいたのか、あっしも知らないんですが、あの金遣いの荒さは真っ当な仕事をしていたとは思えねえんですよ」

「なるほど。でも、だからって盗人とは限らないだろう」

「そりゃそうですがね。でも、なんというんですかね、身ごなしに隙はねえし、目配りも他の者とはちがうんですよ。それと、足の運びが、ひたひたって感じなんですから。軍記物に出てくる忍者を思わせるんですけど、今のご時世、本物の忍者なんかいませんからね。八十吉という男は、きっと盗人だったんですよ」

永之助の高説《こうせつ》を黙って聞いていたが、盗人ねえ、と富士太郎は考えを巡らせた。もしかすると、この男のいうことにも一理あるかもしれないね。思い返してみれば、八十吉の体はなかなか鍛えてあったような気がしないでもないよ。賭場に出入りしているだけの遊び人なら、別に鍛えることはないもの。

「そうだ」

しばらく黙り込んでいた永之助がいきなり声を上げた。

「あの女なら、なにか知っているかもしれませんぜ」

「女だって。何者だい」

「三味線《しゃみせん》の師匠ですよ」

「八十吉は三味線を習っていたのかい」

「いえ、そうじゃないんですよ。三味線の師匠のほうが、うちの賭場によく来てましてねえ」

「へえ、女がね。女だてらに勝負をしに来たってわけかい」

「大きな声じゃいえないんですが――」

脂ぎった顔を寄せ、永之助が語調を低めた。

「あの三味線の師匠、あれのうまそうな男を賭場に物色しに来るんですよ」

「へえ、そうなのかい」

富士太郎には思いも及ばないことだ。あれが好きで好きでたまらない女がいるのは知っているが、いくらしたいからって、まさか賭場にまで男を捜しに来るとはね。

「八十吉は、その師匠の簪《かんざし》をちょっと直したことで気に入られたんですよ」

元錺職人なら、そのくらい、お手のものだろう。

「その三味線の師匠の名は」

「おいいかんですよ」

「今も三味線の師匠をしているのかい」

「していると思いますよ。ほかに銭を稼ぐすべはないでしょうからね。きっと今も男もくわえ込んでいるにちがいありませんや」

にやりとした永之助の顔は、まさに下品そのものだった。

まったく気持ち悪いねえ。

まだ永之助の顔が脳裏から離れない。

「どうかしましたかい、旦那」

後ろから珠吉がきいてくる。

「永之助の顔さ」

「ああ、怖《お》じ気《け》をふるうほど、薄気味悪かったですね」

「珠吉はへっちゃらかい」

「まあ、あのくらいならなんとか」

「珠吉は強いねえ。うらやましいよ」

「あのくらい、平気になってもらわねえと。——旦那。ここじゃないですかい」

足を止めた富士太郎は、目の前に建つ家を見つめた。猫が三味線をくわえている絵の看板が掲げられている。三味線の音色がかすかに聞こえてきた。

富士太郎と珠吉がやってきたのは、小石川指谷町《さしがやちょう》である。伝通院の杜が西側に見えている。ここ小石川指谷町は多くの寺に囲まれているが、あれらの寺はすべて伝通院に関係しているのだろうか。

いや、そうとも限らないだろう。あの寺のうちのどれかで、賭場が開かれているかもしれない。あの気持ち悪い永之助一家の賭場も、どこかの寺に所場代《しょばだい》を払っているのかもしれない。

「ごめんよ」

格子戸を開けて富士太郎が訪《おとな》いを入れると、はーい、と女の声で応《いら》えがあった。

「入ってくださいな」

敷石を踏んで富士太郎は戸口に立った。

「失礼するよ」

引手に手を添え、富士太郎は戸を開けた。

狭い土間になっており、角火鉢《かくひばち》が置かれている六畳間に一人の女が三味線を手に座っていた。目つきや仕草がどこか猫を思わせる女である。

「あら、八丁堀の旦那」

驚いたように女が目をみはる。

「おまえさんがおるんさんかい」

「ええ、あたしがるいんですよ」

おるんが、紫の布の上に三味線をそっと横たえた。商売道具として、いかにも大事にしている様子が伝わってくる。

「弟子たちはまだなのかい」

「稽古は午後の八つからですから。午前は、あたしゃ、眠くてしようがないんですよ。眠気覚ましにちょっと弾こうと思っていたら、旦那がいらっしゃったんです」

「腰かけてもいいかい」

「どうぞ、ご遠慮なく」

富士太郎は上《あ》がり框《かまち》に腰を下ろした。

「おまえさん、八十吉という男を知っているね」

「ええ、知っていますよ。八十さん、どうかしたんですか」

「死んだんだ。殺されたんだよ」

「えっ、嘘でしょ」

おるんはひっくり返ったような声を出した。

「嘘じゃないよ。八十吉に最後に会ったのはいつだい」

ごくりと喉を上下させてから、おるんが答える。

「もう何年も前ですよ。顔だってろくに覚えていないんですからねえ」

奥の腰高障子が開き、ごそごそと若い男が這い出てきた。寝ぼけたような顔をしている。褌《ふんどし》一つだ。ごほごほと咳をした。

「ああ、喉が渇いた。姉さん、茶をくんねえかな」

「馬鹿、今お客さんが来ているんだよ」

「えっ。ああ、八丁堀の旦那みたいな形《なり》をしてるね」

「馬鹿、本物だよ」

「ええっ。本物かあ。姉さんを捕まえに来たんですかい」

「なに、話を聞きに来ただけさ。——おるんさん、八十吉はしばらくここに住み着いていたんだろう。どんな暮らしぶりだったか、教えてくれるかい」

「八十さんはとにかく手先が器用でしてねえ、のみ込みも早くて、あたしが教えるとすぐに三味線がうまくなりましたねえ。あんなに筋がいい人はなかなかいませんよ」

「でも、叩き出したってことは、あっちのほうはそんなにうまくなかったんだろう」

茶々《ちゃちゃ》を入れ、若い男が腹を揺すって哄笑《こうしょう》した。

「馬鹿、あんたなんかよりずっとうまかったよ」

「姉さん、馬鹿馬鹿って何度もいうんじゃねえよ。人に馬鹿っていうのが馬鹿なんだぞ」

「馬鹿に向かって馬鹿っていって、なにが悪いのさ」

ぽんぽんと言い合ってから、おるんが富士太郎のほうを向いた。

「その器用さを見込まれて、八十さん、高久屋《たかくや》さんで働きはじめたんですよ。高久屋さんの仏壇の飾りを直したのがきっかけでしてねえ」

「高久屋といえば、確か錠《じよう》前《まえ》屋だったね。あるじは岡右衛門《おかえもん》といったかな」

「その通りですよ」

おるんが白い首を縦に動かした。

「岡さんは、以前あたしの弟子だったんですよ。今はすっかりご無沙汰ですけどね。お見限りってやつですね」

錠前屋か、と富士太郎は思った。もし本当に八十吉が盗人なら、ぴったりの職といえないだろうか。

「ちょっとそこの若いの、席を外してくれるかい」

富士太郎は声をかけた。

「えっ、あっしですかい」

「そうだよ。おるんさんと込み入った話をしなきゃいけないんだ」

「へえ、わかりやしたよ」

素直にうなずいて、若い男が隣の部屋に引っ込むと、腰高障子を閉めた。

富士太郎は若い男に聞こえないように、声をひそめて呼びかけた。

「おるんさん、それで話を戻すけど、八十吉の暮らしぶりはどうだったんだい。夜に出かけるなんてことはなかったかい」

「そりゃ、何度もありましたよ。博奕《ばくち》が大好きでしたからねえ」

「賭場以外に行っていた場所はないかい」

「さて、どうでしたかねえ。もう旦那もご存じでしょうけど、あたしもよく賭場に出かけるんですよ。すみません、もう二度と行きませんからね。――ああ、そういえば夜、なんとなく恋しくなって八十さんを捜しに賭場に出かけても、そこにいないことが何度かありましてね」

そのときに盗人働きに出ていたというのは、十分に考えられる。

色の変わった茶を喫《きつ》して、おるんが続ける。

「八十さん、しばらくここに住み続けながら高久屋さんに働きに出ていたんですよ。朝、仕事に出ていって、翌朝になって帰ってくるってことが何度かありましてねえ。徹夜仕事をしてきたって本人はいってましたけど、本当なんですかねえ。あたしゃ、ほかに女ができたとにらんで、叩き出したんですよ。ほかの女に色目をつかうような男はいりませんからねえ」

おるんのような女としては、当然のことだろう。

「八十吉は、金回りはどうだった」

「よかったですよ。あたしから金をせびろうともしなかったですし」

「高久屋の給金はそんなに良かったのかねえ。いくらぐらいか、きいたことはあるかい」

「ききましたけど、言葉を濁して答えませんでしたね。あたしゃ、八十さんがなにをしていようとかまわなかったんですけど、後ろ暗いことをしていたのは、まずまちがいないと思いますよ」

「女の勘というやつかい」

「いえ、そんなのじゃありませんよ。八十さん、お天道《てんと》さまが苦手のように見えたんですよ。裏街道を歩く人をあたしゃ、何人も見てきましたよ。どの人も暗い光を瞳に宿していましたねえ。あの人も同じでしたよ」

駒込追分の永之助もいっていたが、八十吉は盗人とみてまちがいないのだろうか。

二

浅草今戸町《あさくさいまどちょう》を抜けて、道を左に折れると、潮が香ってきた。足を踏み入れた辻の隅に、この先に渡し場があることを示す石造りの道標《みちしるべ》が立っている。

角を右に曲がった直之進の目に、桟橋《さんばし》に横づけにされた船に次々に乗り込む人たちの姿が飛び込んできた。押し合いへし合いすることなく、誰もが整然と乗り込んでゆく。

船着場に着いた直之進は首を伸ばして、対岸を眺めやった。このあたりで大川の幅は三町ばかりだろうか。いや、もう少しあるかもしれない。

潮の香りは、先ほどよりもずっと濃いものになっている。海からだいぶ離れているのに、これほど潮が香るとは。海の力はすごいものだな、と直之進は改めて感じた。

ここは白鬚の渡しである。

この場所で二年ばかり前、渡し船に乗っていたおみわの娘とおぼしき女の子を、光右衛門は目の当たりにしたのだ。

そのときに、と直之進は考えた。女の子は一人で渡し船に乗っていたわけではあるまい。親か祖父母、あるいは付き添いのような者が一緒にいたはずなのだ。もしかしたら、おみわがそばについていたのかもしれない。だが、光右衛門は残念ながら見逃したのだろう。

八文の渡し賃を番人に支払った。船に乗り込む前に桟橋で立ち止まり、七つくらいの女の子がいないか、直之進はじっと船上を見た。子供の姿は何人か見えるが、いずれもおみわの娘の歳に当てはまらない。

そううまくはいかぬものだな、と直之進は内心で苦笑した。

船には、江戸の町へ蔬菜《そさい》を売りに来た帰りらしい百姓もいれば、これから向《むこう》島《じま》へと遊山《ゆさん》に行く様子の者もいる。得意先を訪問しようとしている商人、小間物《こまもの》を売り歩きに行こうとしている行商人の姿も見える。下屋敷にでも向かおうとしているのか、武家の主従も目についた。

「船が出るぞう」

刻限になったようで、竿《さお》を持った船頭が声を張り上げた。同時に番人も大声を出した。響きのよい声が川風にさらわれ、宙に吸い込まれてゆく。

二十人も乗れば一杯の船である。直之進は艫《とも》のほうに乗り、腰を落ち着けた。

「はい、皆さん、危ないから決して立ち上がっちゃいけないよ。船がひっくり返っちまうからね」

真剣な顔で呼びかけた船頭が竿を突くと、船がゆっくりと動き出した。三間ばかり進んだとき、足を踏ん張った船頭が竿を使って向きを変えはじめる。

舳先《へさき》が向島の方を向き、船頭が再び竿を突いて力を込めた。竿がしなり、船はゆったりとした流れを突っ切りはじめる。澄んだ川面をなでるように吹いてゆく風が心地よい。船縁《ふなべり》を打つ水音が涼しげで、気持ちが休まる。

つと、竿を艫に置いた船頭が櫓《ろ》を握った。その腰と腕の使い方には無駄がなく、ほれぼれするほど見事である。どこか剣術に通ずるものがあるような気がし、示唆を得られぬものか、と直之進は目を離すことなく、じっと船頭を見続けた。

わあ、冷たい、と男の子の声が前のほうから上がった。流れに手をつけてはしゃいでいるのだ。幼い頃に返ったように、大人たちもそれを真似している。

流れの途中に砂洲《さす》が二つあり、そのあいだに船は入ってゆく。ここで船頭は再び櫓から竿に持ち替えた。

波や風などで土砂が寄って盛り上がった洲を寄洲《よりす》というが、大川の砂洲もそう呼ぶにふさわしいようだ。寄洲には丈の高い葦《あし》が繁っており、多くの水鳥が羽を休めていた。なにがひそんでいるのか、砂地をしきりについばむ鳥の姿も見受けられる。

二つの砂洲を通り過ぎたところで、向かいからやってきた渡し船とすれちがった。その船も客を満載している。

そちらに七歳くらいの女の子がいないか、直之進は客たちの顔を見つめた。もし乗っていたとしてもどうすることもできないが、凝視せずにはいられなかった。

「皆の者、ちとすまぬ」

すれちがった船が背後に遠ざかったところで、直之進は座ったまま声を上げた。客たちの目が一斉に集まる。

「この中に、おみわという女性《によしよう》を知っている者はおらぬか」

これだけの人がせっかく乗り合わせているというのに、なにもきかずにすませるわけにはいかぬ、と直之進は考えたのである。

「おみわさんなら、あっしは一人、知っていますよ」

後ろから声が発せられた。櫓を握る船頭である。

「まことか」

目を開いて直之進は船頭を見上げた。

「どこのおみわどのかな。歳はいくつだろう」

「橋場町《はしばちょう》に住むおみわさんですよ。歳は三十過ぎですかね」

櫓を握る手を止めることなく船頭が答えた。

「橋場町というと、いま離れたばかりの浅草にある町だな。そのおみわどのには、七つくらいの娘はいるか」

「いえ、いませんねえ。おみわさんは出戻りですけど、子は産んじゃいねえんで」

そうか、と直之進はいい、客たちに目を向けた。

「ほかに、おみわという女性を知っている者はおらぬか」

「手前も一人存じていますが、その人に七つくらいの女の子はおりません」

行商人らしい男が申し訳なさそうに答えた。

「それがしも一人、心当たりがあるが、七十過ぎのばあさんにござる」

これは舳先に乗っている侍である。

ほかにもおみわを知っている者がいたが、そのおみわは十五歳の娘と四十代半ばの女房だった。直之進は、おみわという名がこんなにも多いと知って内心驚いた。

「お侍は、なぜそのおみわさんを捜していらっしゃるんですか」

興味を抱いたらしく、遊山に行くらしい女房がきいてきた。どこか直之進をまぶしげに見ている。

「なに、そのおみわというのは恩人の知り合いでな、捜し出してくれと頼まれたのだ」

「お侍が逃げられたご内儀というわけではないんですね」

女房の隣にいる亭主然とした男が茶化《ちゃか》すようにいう。

「うむ、そうではない。まこと、恩人の知り合いなのだ」

直之進は大まじめに答えた。

「そのおみわさんは、向島にいらっしゃるんですかい」

どこか崩れた感じの男がきく。いかにも遊び慣れたふうで、若い女が腕に手を絡《から》ませている。

「それはまだわからぬ。おみわの娘らしい女の子が、この白鬚の渡し船に乗っているところを、その恩人が見たのだ」

「えっ、それだけですかい」

「それだけだ」

「それだけで向島に行かれるんですかい。それはまた雲をつかむような話ですねえ」

うむ、としか直之進にはいいようがなかった。確かに手がかりがなさ過ぎる。

「そのおみわさんの娘の名は、わかっているんですか」

小間物の行商人が問うてきた。

「いや、それもわからぬ」

「さようですか……」

首を横に振り、行商人が残念そうにいった。崩れた感じの男は、あきれたような表情をしている。

砂洲のあいだを抜けておよそ二町も進んだところで、船は桟橋に横づけされた。縄が投げられ、船がつなぎ止められる。ああ、着いた着いた、とにぎやかな声を上げて、客たちがどやどやと船を下りてゆく。

船頭に礼をいって下船した直之進は桟橋を離れ、緑濃い向島の風景を眺めた。

みずみずしい緑が目に痛いくらいだ。さすがに風光明媚《ふうこうめいび》で知られる土地だけのことはあり、向島は江戸の市中とは異なる雰囲気に満ちている。大勢の者を引き寄せる魅力が、ずしりとした重みをもって胸に迫ってくる。

左側に、ここの渡しの呼び名の由来となった白髭神社が見えている。風に乗って、肥《こえ》のにおいが鼻を突く。向島では、江戸で費消される蔬菜づくりが盛んに行われている。

さて、おみわをどこから捜すべきか。

向島に来たのは初めてではないが、これほど広い地であったかと、正直なところ、直之進は戸惑っている。

雲をつかむような話と先ほど若い男がいっていたが、確かにその通りである。いったいどこから手をつけてよいものか。

目の前に開けている土地は寺島村である。正面に見えている杜《もり》は、算盤塚《そろばんづか》で知られる蓮華寺《れんげじ》であろう。鎌倉の昔にあの寺が創建されたことで、この地は寺島と呼ばれるようになったという。本尊は寺島大師として知られている。

寺島村の向こう側は大畑《おおはた》村《けむら》である。その先は下木下川村《しもきねがわむら》だ。

おそらく、と直之進は考えた。舅どのもこうして向島に何度か足を運んだのではなかろうか。仕事の合間に、おみわを捜したはずである。

しかし、光右衛門には見つけられなかったのだ。

江戸で長く暮らして、それなりの土地鑑《とちかん》があったはずの光右衛門が捜し出せなかった女を、自分が見つけ出せるものだろうか。しかもたった今、あれだけ大勢の者にきいて空振りだったというのに。

――なにを弱気になっているのだ。

眉尻《まゆじり》を上げて、直之進は自らを叱咤《しった》した。

俺が捜し当てずに、いったい誰がおみわを見つけるというのだ。きっと捜し出してみせる。念ずれば道は必ず開けよう。

――行くぞ。

直之進は力強く足を踏み出した。

猿田彦《さるたひこ》を祭神としている白髭神社を、まず目指した。

この神社は寺島村の鎮守である。さほど広い境内ではなく、拝殿や神楽殿《かぐらでん》、狛《こま》犬《いぬ》などがあるだけだが、多くの参詣人でにぎわっていた。まるで祭りのようなにぎやかさだ。

小さな鳥居をくぐった直之進は、おみわのことを参詣人にたずねて回った。

何人かの者がおみわという女を知っていたが、いずれも直之進の捜しているおみわとは異なる者ばかりだった。ここでの聞き込みはこれまでにして、直之進は別の場所に赴くことにした。

「おっと、ごめんなさいよ」

そんな声が耳に届き、直之進はなんとなく拝殿のほうを振り返った。臑をむき出しにした若い男が裕福そうな身なりをした男にぶつかり、頭を下げて小走りに駆け出したところだった。若い男は小柄な男にもぶつかりそうになり、またも謝って走り出した。

「待て」

ちょうど白髭神社の鳥居を出ようとしていた直之進は、その光景を目の当たりにしてすぐさま足を止めた。こちらに走ってきた若い男の腕をがしっと取る。

「なっ、なにをするんですかい」

目を血走らせて、若い男が手をふりほどこうとする。

「今、そこの町人の財布を掏《す》っただろう」

それを聞いて、裕福な身なりをした町人があわてて懐《ふところ》を探る。

「あっ、な、ない。本当に財布がない」

「なにをいってやんでえ」

直之進をねめつけて若い男が吠える。

「やい、さんぴん。なんの証拠があって、そんないいがかりをつけやがんでえ。こちとら、素っ裸になってもいいんだぜ。そのときに財布とやらがなかったら、てめえ、どうするつもりでえ」

おや。すさんだ顔つきの男を見つめて、直之進は気づいた。目の前の男はいかにも自信満々である。この様子からして、もう財布は所持していないのではあるまいか。

ならば、この男が掏り取ったはずの財布はどこに行ったのか。

――そういうことか。

財布を掏り取ったあと、次に小柄な男にぶつかった。このとがった目つきの若い男は、あの小柄な男に財布を渡したに相違あるまい。二人は仲間だ。掏摸は、仲間とつるんで仕事をすると聞いたことがある。

――やつはどこだ。

首を巡らせると、こちらをうかがうように見ている小柄な男の姿があった。距離は十間もない。直之進と目が合うや、小柄な男はさっときびすを返し、走りはじめた。

「待てっ」

若い男の手を放して土を蹴り、直之進は小柄な男を追った。若い男がそうはさせじ、と直之進に抱きついてきた。

「やい、さんぴん、逃げるつもりか。てめえ、人を掏摸呼ばわりして、ただですむと思ってんのか」

「黙れっ」

叫びざま、直之進は手刀《てがたな》を男に見舞った。まともに男の横面に手刀が入り、うっ、とうめいて男がよろけて、そのまま地面にへたり込む。ばたりと横倒しになった。

手荒すぎたか、と思ったものの、直之進はかまわずに小柄な男を追った。

男は足が速く、十間ばかりの差はなかなか縮まらない。

――やつにそうそう手間はかけておられぬぞ。まだまだ聞き込みをしなければならぬのだからな。

ひょいと辻を曲がり、人けのない道に入った小柄な男はさらに速さを増している。足に相当、自信のある男なのだ。

これは追いつかぬな、と直之進は感じた。

　――ほかに手はなし。

　即座に決断して足を止めた直之進は、刀の鞘《さや》の差裏《さしうら》から小柄《こづか》を抜き取った。もしこれが当たらなかったら、もはや男を止めるすべはない。距離はすでに十五間以上に開いている。

　狙いを定めて、直之進は小柄を投げつけた。

　男の太ももを狙って投げたのだが、小柄は右に大きく外れていった。しまった、と直之進はほぞを嚙んだが、小柄は一本の立木の幹に当たってはね返り、小柄な男の目の前をよぎっていった。

　小柄な男が一瞬、びくりとした。次の瞬間、石にでもつまずいたか、足を払われでもしたかのように、もんどり打って倒れた。すぐに立ち上がり、再び走り出そうとしたが、がくりと膝が折れてまたも地面に転がった。

　両手で土をかいて、必死に立とうとしたが、男の動きはぴたりと止まった。刀が首筋に添えられていることに気づいたからである。

「そこまでだ。おい、おまえ、財布を返してもらおうか」

　直之進の息はさほど弾んでいない。厳しい鍛錬《たんれん》は怠っているとはいえ、体はまだされてなまってはいないようだ。

「あっしは財布なんか、取っちゃいませんぜ」

小柄な男が平然としらを切る。

「ふむ、確かに取ってはおらぬな。先ほどの若い男から渡されただけだろう。

――つべこべいわずにさっさと出せ」

「その前にお侍、ちょっとこの刀を外してもらえませんかね」

ふてぶてしい目で男が直之進を見る。

「よかろう。だが、もし逃げようとしたら叩っ斬るぞ」

「わ、わかってますよ」

おびえたように小柄な男が直之進を見上げる。その目を見て、直之進は刀を鞘におさめた。ああ、怖かった、と首をさすって男が立ち上がり、懐に手を入れる。さっと取り出したのは匕首である。

「死ねっ」

鞘から抜くや、小柄な男がさっと突き出してきた。

まったく、と直之進はあきれるしかなかった。なんたる往生際《おうじょうぎわ》の悪さか。

小柄な男は匕首を素早く突き出したつもりだろうが、直之進にはのろのろした動きでしかなかった。無造作に男の手を払う。

びしっ、と鋭い音が立ち、匕首が回転しながら男の手を離れた。回りながら宙に浮いているそれをばしっとつかむや、直之進は手のうちで握り返し、男の胸に突きつけた。

「えっ、ええっ」

信じられないという顔で、小柄な男は匕首と直之進の顔を交互に見つめている。

「まいったか」

ふふ、と直之進は笑いかけた。ひたすら驚いているようで、小柄な男は声がない。直之進を見る瞳は、まるで化け物を前にしているかのようだ。

「どれ、さっさと財布を出せ」

観念したらしく、小柄な男が懐に手を入れた。今度こそ取り出したのは、高級そうな財布である。

「よこせ」

悔しげに小柄な男が差し出してきた財布を直之進は手にした。さほど入っていないのか、財布にはさしたる重みがない。中を確かめるわけにはいかず、とりあえず直之進は袂《たもと》に落とし込んだ。

「ちょっと左腕を見せろ」

直之進は小柄な男に命じた。おずおずと男が手を伸ばしてきた。それをつかみ、直之進は左腕の袖をめくった。案《あん》の定《じょう》、入墨がしてある。黒い筋は一本だけである。

「捕まったのはこれで二度目か。三度目は死罪だろう。もう足を洗ったほうがいいぞ。死ぬ気で働けば、なんとかなると思うがな」

そっぽを向いた男はなにも聞く気がないらしく、目を閉じている。

「おまえ、名は」

それも答える気はないようだ。別にかまわない。掏摸の名など興味はない。

「よし、行くぞ。いいか、逃げるなよ。逃げたらどうなるか、わかっているな」

「わ、わかってますよ」

目を開けて小柄な男がうなずいた。

この男を先に行かせ、直之進はそのあとをついていった。

白髭神社のそばでは、財布を掏られた男がおろおろしていた。直之進に気づくと、あわてて駆け寄ってきた。

「安心しろ、取り返したぞ」

袂から財布を取り出して、直之進は男に手早く渡した。直之進のもう一方の手は、小柄な男の首筋をがっちりとつかんでいる。体を縮こまらせて、小柄な男は身動きもろくにできずにいる。

「あ、ありがとうございます」

頭を下げ、男が財布を押しいただくようにする。

「こやつは財布の中身には触れておらぬと思うが、一応、確かめてくれ」

はい、といって掏摸の手伝いをした男を憎々しげに見てから、商人然とした男が財布を開き、中をのぞき込んだ。

「ああ、ありました」

喜びの声を上げる。

「財布の中には大して入っていないのでございますが、大事な証文を入れておりまして。もしこれをなくしたら、大変でございました」

ほっと胸をなで下ろしている。

「それは重畳《ちょうじょう》」

にこりと直之進は笑った。

「あの、お侍、お礼はいかほど差し上げればよろしいでしょうか」

「なに、礼などいらぬ」

「いえ、そういうわけにはまいりません」

「それよりも、おぬしから財布を掏った男はどうした。姿が見えぬが」

「ああ、目を覚ますやいなや、泡を食って逃げていきました」

「そうか、致し方あるまい。少なくとも、こやつは捕まえた」

「あちらに、船着場の番人に来てもらっています」

白髭神社の鳥居のそばに、大柄な男がいた。直之進と目が合うと、一礼して近づいてきた。

「こいつは掏摸の仲間だ。すでに一度、番所にお縄になっている」

直之進は、小柄な男の袖をめくって見せた。

「なるほど、そういうことでございますか」

納得した顔になった番人は、手にしていた捕縄で男にかたく縛《いまし》めをした。ずいぶん手慣れている。きっとここ向島でも、掏摸どもは跳梁跋扈《ちょうりょうばっこ》しているのだろう。捕まる者も少なくないにちがいない。

「お侍、あそこの番小屋に連れていきますが、よろしいですか」

番人が船着場のほうを指し示す。船着場のそばにそれらしい小屋が見えている。

「もちろんだ。もう番所の者は呼んだのか」

「ええ、じき来ていただけると存じます」

「わかった。では、よろしく頼む」

「ご苦労さまでございました」

来な、といって番人が掏摸を乱暴に引っ立ててゆく。

それを見送った直之進はすぐに歩き出そうとした。

「もし」

財布を掏られた男が声をかけてきた。直之進は歩みを止めた。

「あの、先ほどのお礼なのでございますが」

「いらぬといったはずだ。それがしは当然のことをしたまでだ」

「しかし——」

「本当にいらぬのだ」

「でしたら、せめてお名をお聞かせいただけますか」

仕方あるまい、と直之進は思った。そこまで断る必要はない。

「湯瀬直之進さまでございますね。手前は民之助《たみのすけ》と申します。本郷《ほんごう》二丁目で、古《こ》笹屋《ざさや》という薬種問屋を営んでおります」

「薬種問屋か」

身なりがいいのは、商売が順調で儲かっているせいだろう。

「あの、湯瀬さま、お住まいはどちらにございますか」

「住みかをきいてどうするのだ」

「あとで改めてお礼にうかがいます」

「無用だ」

「――あ、あの」

民之助がわずかにあわてた。

「実は、掏摸を見破られた湯瀬さまの眼力を見込んで、お願いがあるのでございます」

「はて、どのような願いかな」

「それは、ここでは申し上げられません。後日、お話ししたいのでございますが」

そういえば、と直之進は思い出した。先ほど民之助は、大事な証文を財布に入れていた、といっていた。もしやそのことと関係があるのか。財布は狙って掏られたのではないか。

番小屋に連れていかれた掏摸に話を聞いたほうがよいのではないか。だが、俺がきいたところでなにも答えまい。しらを切るだけだろう。

「わかった」

なんとなく興味が出てきた直之進は民之助に住みかを告げた。

「ありがとうございます」

礼をいって民之助が腰を曲げる。

「では俺は行くが、よいな。——ああ、そうだ。おぬし、おみわという女を知らぬか」

「おみわさんでございますか。どちらのおみわさんでございましょう」

「どこのおみわでもよいのだ。知り合いにおらぬか」

「はあ、申し訳ございません。知り合いにおみわさんというお方はいらっしゃいません」

「そうか。手間をかけた」

民之助に別れを告げた直之進が次に向かったのは、蓮華寺である。

掏摸ごときにずいぶんときを取られてしまったが、今からでも決して遅くはないだろう。

蓮華寺でも直之進は行きかう参詣人におみわのことをたずねたが、残念ながらなにも得るものはなかった。

蓮華寺を出た直之進は大川沿いを北へ歩き、今度は法泉寺《ほうせんじ》という寺の境内に入った。参詣人の話を耳にして驚いたことに、ここも寺島村という名の由来の寺として知られているそうだ。知られているというより、自ら名乗りを上げているといっていいのだろう。寺同士、互いに譲らないのだ。

直之進はおみわのことについて聞き込みを行ったが、ここでも収穫はなかった。

法泉寺から六町ばかり歩いて正福寺《しょうふくじ》、木母寺《もくぼじ》、水神社《すいじんしゃ》、成林庵《じょうりんあん》、円徳寺《えんとくじ》、多聞寺《たもんじ》と立て続けに訪れ、参詣人に話を聞いていった。

だが、直之進の捜しているおみわにつながりそうな手がかりは得られなかった。

――くそう。

直之進は悪態をつきたくなった。土を蹴り上げたい。立木にも当たりたい気分だ。

　人として俺はまだまだだな、と心から思う。この地でおみわを捜し続けた光右衛門はどんな心持ちだったのだろう。今の自分と似たようなものだったのだろうか。むかっ腹を立てるようなことはなかったのだろうか。

　面構え通りといってよいのか、けっこう気短だったから腹は煮えてならなかったかもしれないが、少なくとも、やけになるようなことはなかっただろう。光右衛門という男は忍耐強い男だった。

　――俺も見習わなければならぬ。

　気持ちを立て直した直之進は、目の前に広がる光景を眺めた。

　さて、これからどこに行くか。

「ちとたずねるが」

　多聞寺の門前を通りかかった百姓に、直之進は声をかけた。その百姓は鍬を肩に担いでいる。

「このお寺から先、大勢の人が集まるようなところはないかな」

「でしたら、あちらに菖蒲《しょうぶ》園がございますよ」

　六十近いと思える太りじしの百姓は鍬を担ぎ直して、丑寅《うしとら》（北東）の方角を指した。

「ここからでしたら、十町あるかないかでしょう」

「菖蒲園というと」

「えっ、ご存じありませんか」

意外な顔をされた。眼前の百姓は、直之進のことを国元から出てきたばかりの勤番侍と見たのではないか。

「菖蒲園というくらいですから、広々とした場所でさまざまな品種の花菖蒲が育てられているんでございますよ。中には、そこでしか見られない品種もございましてね。花の時季にはまだ早いですけど、今もけっこうな人が来ていますよ」

菖蒲園は堀切村《ほりきりむら》にあるそうだ。

「あそこは江戸百景のうちの一つですよ。浮世絵にも描かれています」

「ほう、そいつは楽しみだ」

礼をいって直之進は歩き出そうとしたが、すぐさまその百姓に話しかけた。

「足を止めさせたついでに一つよいか。おぬし、おみわという女を知らぬか」

百姓がまじまじと直之進を見る。

「手前の娘がおみわといいますよ」

「えっ、まことか。そのおみわどのの歳はいくつだ」

「三十二歳です」

ぴったりではないか、と直之進の胸は高鳴った。

「おみわどのに娘はいるか」

「ええ、おります。おときといいまして、七つです」

「七つというのはまちがいないか」

鼓動が早くなってきたのを、直之進は感じている。

「まちがえようがありません。なにしろ子よりもかわいい孫ですからね」

「つかぬことをきくが」

深く息をして、直之進は落ち着きを取り戻そうとした。ごくりと唾を飲み込む。

「そのおみわという娘は、おぬしと血のつながりはあるのか」

「なんですって」

声を上げて百姓が眉間にしわを寄せた。

「もちろんですよ。おみわは手前の血を分けた実の娘ですから」

「そうか、すまぬことをきいた」

期待が大きかった分、直之進の落胆は小さくない。

「では、あっしはこれで」

怒ったような顔をぷいと横に向けると、百姓が足早に歩き出した。

「おぬし、磐井屋という口入屋を知らぬか」

あきらめきれずに直之進は、でっぷりとした背中に最後の問いをぶつけた。

いったいなにをいっているんだといいたげな顔を、太りじしの百姓が向けてきた。

「そんな口入屋は知りません」

「そうか、すまなかった」

直之進は詫びを口にした。さっさと歩き出した百姓の姿は、あっという間に小さくなってゆく。

すまぬことをきいてしまったな。——だが、このくらいでめげてはいられぬ。

昂然と顔を上げた直之進はくるりときびすを返し、菖蒲園を目指した。

途中、行きかう者にもおみわのことを漏れなくたずねていった。だが、手がかりになるようなものは一つも得られなかった。

菖蒲園は確かに広々としており、二千坪は優にあるのではないかと思えた。江戸百景の一つだけのことはあり、向島の景色の中にしっとりとなじんでおり、吹く風は一段とかぐわしい。日暮れどきにやってきたら、さぞかし美しい夕日を見られるのではないかという気がする。

菖蒲園の中に入ってゆっくり見物したかったが、今はそんな場合ではない。今度、花の時季におきくを連れて一緒に見に来よう、と直之進は心に決めた。

おきくのことを思い出したら、体に力がよみがえってきた。心も元気になった。

これだけでも、おきくと一緒になった甲斐があるというものだ。

――夫婦というのはよいものだな。こうして離れていても、力になってくれるのだから。

目を閉じて、直之進はおきくの面影を引き寄せた。小日向東古川町の長屋を出てまだ半日ほどしかたっていないのに、もう会いたくてならない。顔を見たい。おきくのことがいとおしくて仕方がない。

早く長屋に帰り、おきくを抱き締めたい。だが、今は我慢するしかない。おきくの父親である光右衛門のために、必ずおみわを捜し当てるのだ。

目を開けた直之進は、ことのほか力を入れて菖蒲園の前で聞き込みを行った。

だが、ここでも収穫はなかった。

唇を噛み締め、息をついた直之進は急に空腹を覚えた。鼻先を、蕎麦のだしのにおいがかすめていったからだ。

ふむ、腹ごしらえをするか。気がつけば、もう昼も過ぎている。腹がくちくなれば、風向きも変わるのではないだろうか。

菖蒲園のまわりには幟《のぼり》が立ち並び、食べ物屋に事欠くようなことはないが、今の直之進は蕎麦切りが食したくてならない。

菖蒲園の裏手に八幡神社があり、その横に建つ農家が広間を開放して、蕎麦切りを食べさせていた。

この店の蕎麦切りは黒みを帯びており、うどんを思わせるほど太かったが、蕎麦の香りが強く、濃いめのつゆによく合った。食べ応えのある蕎麦切りを口元に引き寄せながら直之進は、野趣《やしゅ》あふれる、という言葉を思い出していた。

二枚のざる蕎麦を平らげ、すっかり満腹になった直之進は満足して代を支払った。店の小女に、おみわという女のことをきくのを忘れない。

「申し訳ありません、私は存じません」

小女がすまなさそうに腰を折る。

「いや、知らなくて当然だ。謝ることなどない」

どこに行くという当てもなかったが、直之進は蕎麦屋から未申《ひつじさる》（南西）のほうへ進んだ。そちらに向かって、たくさんの人が歩いていたからだ。この先に名所でもあるのだろう。

やがて、一筋の川に突き当たった。川幅は十間ほどはあろうか。濁った水は滞り、ほとんど流れを感じさせない。幾艘もの小舟がさざ波を立てて、ゆっくりと行きかっている。舟を止め、釣りをしている者もいた。

「この川はなんという」

遊山に来たらしい者に、直之進はたずねた。年寄りの夫婦連れで、のんびりとした風情である。商家の隠居夫婦という趣《おもむき》だ。

「はい、古綾瀬川と申します」

こざっぱりとした身なりの亭主が小腰をかがめる。女房のほうは柔和に頬をゆるめ、直之進をやんわりと見ている。

「もともとの綾瀬川という意味か。ならば、新綾瀬川というのもあるのかな」

「ございますとも。しかし、土地の者は新綾瀬川ではなく、新川と呼んでいるようでございますな。あちらのほうでございますよ」

にこにこと笑みを浮かべた亭主が戌亥《いぬい》（北西）の方角を指さした。

「昔、この古綾瀬川はあやしの川と呼ばれていたそうにございますよ」

顔を流れに戻して亭主がいう。

「ほう。なにゆえそのように。なにか、あやかしの類《たぐい》が出たという伝説でもあったのか」

「いえ、そうではございません。ちょっと雨が降っただけでこの川はすぐに水があふれ、土地を浸したそうですが、大水が去ったあとは、それまでとはまったく異なる場所を流れていたからだそうにございますよ」

「流路がなんら定まらぬ川ゆえ、あやしの川という呼び名がついたのだな」

「はい。そのあやしの川を静めるために新綾瀬川が掘削《くっさく》されて、古綾瀬川の水を隅田川に流すようにしたのでございます」

「新綾瀬川のおかげで、あやしの川ではなくなったのか」

「大水を食い止めるのは至難の業ですから、さすがに万全にというわけにはいかないのでしょうが、少々の雨では大水にはならなくなったようでございます」

「それはよかった」

「お侍はこれからどちらに行かれるのですか」

「いや、決めておらぬ。向島のことはあまり知らぬのだ。どこか人が大勢いる場所に行きたいと思っている」

「にぎわっているのならば、梅屋敷《うめやしき》のあるほうがよろしいのではないでしょうか。あちらでございますよ」

亭主は辰巳《たつみ》（南東）の方角を示した。

「小村井村《おむらいむら》や亀戸村《かめいどむら》、押上村《おしあげむら》のほうでございますが、お寺さんや武家屋敷などもあって、人通りは多うございます」

「さようか。では、さっそく行ってみることにしよう。――おぬしら、おみわという女性に知り合いはおらぬか」

「おみわさんでございますか」

亭主と女房が顔を見合わせる。

「いえ、おりませんが」

「そうか、すまなかった。手間をかけたな」

会釈をして、直之進は古綾瀬川沿いに辰巳の方角を目指した。

途中、牛糞《ぎゅうふん》らしいものを積んだ大八車《だいはちぐるま》が轍《わだち》にはまり、にっちもさっちもいかなくなっていた。大八車についている若い二人の車力《しゃりき》が難儀しているところを見過ごすことなどできず、腕まくりをして直之進は取りついた。

「お侍、けっこうでございますよ。着物が汚れちまいます」

大八車を押しながら、車力の一人が恐縮していう。

「なに、着物など洗えばよいのだ」

直之進はこともなげにいった。

「しかし――」

「本当によいのだ。困っている者を助けずに通り過ぎることなどできぬ」

「ありがとうございます」

大八車を押している車力が礼を述べる。前で梶棒《かじぼう》を握っている車力も直之進に気づき、前を向いたまま声を投げてきた。

「本当に助かります。お言葉遣いからお武家のようでいらっしゃいますが、心からお礼を申し上げます」

「なんの、困ったときはお互いさまだ。それが江戸というものだろう」

直之進だけでなく、何人かの遊山の者もわらわらとやってきて、大八車を一緒に押しはじめた。

その甲斐あって、大八車は無事に轍を抜け出ることができた。

「本当にありがとうございます」

肩を並べた二人の車力が深く腰を折る。

「なんの、礼などいらぬ」

直之進は笑顔で告げた。

「こちらのお侍のおっしゃる通りだぜ」

遊び人にしか見えない男が力んでいう。

「ほかの町は知らねえが、江戸では困ってるのを放って行っちまう者なんて、一人もいねえんだ」

そのとき直之進は、顔になにかついているのに気づいた。まさか、と思いつつ手ぬぐいで拭き取ってみると、やはり牛糞だった。苦笑するしかない。

「すみません、お侍の顔にそんなものをくっつける羽目《はめ》になっちまって」

それに気づいた車力が謝る。

「なに、かまわぬ。うんがついたと思えばよいのだ」

一緒に大八車を押した一人の男が、ふと顔を向けてきた。

「あれ、渡し船で一緒になったお侍じゃありませんか」

直之進に近づいてきたのは、小間物の行商人である。

「おう、そなたもこのあたりにいたのか。商売のほうはどうだ」

「今日はあがったりですね。このところ、得意先のお百姓衆の財布の紐も、ずいぶんきつくなってしまっているんですよ。不景気ですねえ」

「それは気の毒だな。だが、いずれきっといい日も訪れよう」

「そう願いたいですよ。お侍のほうはいかがですか。おみわさんは、見つかりましたか」

「いや、駄目だ。なんの手がかりもない」

「そうですか」

小間物売りが心を痛めたような顔つきになった。

「――あの、お侍はおみわという人を捜しているんですか」

大八車を後ろから押しはじめようとしていた若い車力が直之進にたずねる。

「うむ、そうだ。おぬし、おみわという女に心当たりがあるのか」

「ええ、まあ。――おい、ちょっと引くのは待ってくれねえか。こちらのお侍に話があるから」

前を見やった男が、梶棒を握る車力に声をかける。ああ、わかった、と返ってきた。

「そのおみわどのだが、歳はいくつだ」

ええと、と若い車力が考える。

「あっしの知っているおみわさんは、確か三十二、三くらいですね」

「それならぴったりだ。そのおみわどのに娘はいるか」

「七つの子がいますよ。名はおみつです」

「おみつ……」

これは、光右衛門から取ったということはないだろうか。いや、いくらなんでも考えすぎか。

「そのおみわどのは、どこにいる」

「それが……」

若い車力がいいよどむ。

「下野《しもつけ》なんですよ」

「下野――」

これはもうまちがいないのではないか。

「おみわどのは下野のどこにいる」

「都賀郡というところです」

「奥州街道の間々田宿の近くだな」

「よくご存じで」

湯島三組町の自身番で、善太夫から聞いた話と一致する。

「村の名は」

「押切村《おしきりむら》といいます」

その名を胸に刻み込んだ直之進は、軽く息を入れて男を見つめた。

情けは人のためならず、というが、本当にその通りだと思う。もし大八車が立ち往生していたところを見過ごしにしていたら、この男と話をすることは永久になかった。おみわのことが知れることも、まずなかっただろう。顔に牛糞をつけてがんばった甲斐があったというものだ。きっと神さまが、あきらめずにおみわ捜しに邁進《まいしん》した自分を認めて、導いてくれたにちがいあるまい。

天に感謝の思いを述べてから、直之進は新たな問いを男にぶつけた。

「おぬし、名は」

「へえ、雁助《がんすけ》といいます」

「雁助、そのおみわという女とは、どういう知り合いだ」

「おみわさんは、あっしの従兄《いとこ》の女房ですよ」

「おぬしの従兄も下野の者か」

「さようです。あっしの父親はもともと下野の出なんですが、若い頃、村をあとにして江戸にやってきたんです。いま押切村に残っているのは、あっしの伯父に当たる人ですよ」

「伯父が押切村の家を継いだのだな」

「ええ。今はもうその伯父も隠居して、あっしの従兄の代になっていますけど」

「その従兄の名は」

「泰兵衛《たいべえ》です」

そうか、といって直之進はわずかに考えにふけった。

「そのおみわどのだが、江戸に出てくることはあるのか」

「ええ、ありますよ。一年か二年に一度というところですが、一家で出てきます。そのときは、あっしのうちに泊まっていきます」

「二年前にも、おみわどのたちは来たか」

「ええ、二年前なら確かに。あのときは長逗留《ながとうりゅう》しましたね。半月はうちにいたんじゃないでしょうか」

そのときに、光右衛門はおみわの娘を見かけたのだろう。

「雁助、おぬしの家はどこにある」

「ここから少し東に行った青戸村《あおとむら》です」

直之進は足を運んだことはないが、青戸という名は聞いた覚えがある。

川向こうであるのはまちがいない。おみわの娘が白鬚の渡し船に乗っていても、なんら不思議はないのだ。

「あの、あっしの知っているおみわさんは、お侍がお捜しになっているおみわさんでしょうか」

「まずまちがいあるまい」

「お侍は、どうしておみわという女性を捜しているんですか」

「恩人の遺言でな。俺のその恩人は、おみわどのの父親にひじょうに世話になったのだ」

「さようでしたか」

「おみわどのは、もともと江戸の者ではないかな」

「口入屋の娘だったと聞いています」

「その口入屋は磐井屋といったのではないか」

「ええ、ええ、そうでしたね。その店が押し込みに遭って、おみわさんだけ生き残ったという話を聞いていますよ。まったくひどい話があったものです」

憤然たる思いを、若い車力は顔にあらわしている。

「まったくその通りだ。許せぬ」

およそ二十五年前のこととはいえ、今も下手人はのうのうと市中で暮らしているかもしれない。捕らえたい。捕らえなければならぬ。その思いが直之進の中で急速にふくれあがってゆく。

「――おみわどのが、下野の縁者に引き取られたことまでは調べがついていたのだ」

同じ下野ということもあり、長じたおみわは雁助の従兄である泰兵衛に縁づいたのだろう。そして、おみつという女の子を授かったのだ。

「おみわどのは、いま幸せにしているか」

「もちろんですよ。従兄もすごく大事にしていますしね。もともと従兄のうちは裕福なんで、食べる物にも困りゃしませんし」

「それはよかった」

おみわが幸福であるのがわかり、直之進は安堵した。天にいる光右衛門も、きっと同じ思いではないだろうか。

「ただ……」

言葉を切り、雁助が少し暗い表情になった。

「どうした」

直之進にいわれて、雁助が顔を上げた。太い眉を曇らせている。

「おみわさんなんですけど、ちょっと浮かない感じというか、物思いに沈んでいることがときおりあるんですよ。声をかけると、すぐに明るい笑顔になるんですけど……」

「なにか気がかりがあるのだな」

もしかすると、と直之進は気づいた。幼い頃の押し込みのことがまだ忘れられないのかもしれぬ。きっと心の傷になっているのだ。

それも当たり前だろう。自分のすぐ近くで両親を惨殺されたのだから。心に傷が残っていないと考えるほうがおかしい。

一度おみわどのに会ったほうがいい。押し込みの話を聞かなければならない。

おみわどのにとっては辛いことを強いることになるのかもしれないが、もししっかりとした話が聞ければ、押し込みを捕らえる端緒になるかもしれぬ。

押し込みを捕らえれば、おみわどのの傷も癒《い》えるのではないだろうか。

よし、行くか、下野に。

——行くしかあるまい。

腹に力を込め、直之進は下野行きを昂然と決意した。

三

角を曲がった途端、路地に射し込んだ朝日をまともに見ることになった。

「ひゃあ、こいつはまぶしいね」

手庇をかざして富士太郎は声を上げた。

「まったくですね」

後ろの珠吉は顔をうつむけている。

「この長屋は明るくて、すごくいいですねえ。裏店にはとても見えませんぜ。あっしもこんなところで暮らしたいものですよ」

「番所の中間長屋もそんなに悪くはないだろう。ここが日当たりがいいのは、直之進さんが暮らしているからだよ。直之進さんがいるところは常に明るいんだよ」

「旦那は相変わらずですねえ」

珠吉が苦笑してみせる。

「その辺は、智代さんという人がいる今もちっとも変わりゃしませんねえ」

「だって、おいらは直之進さんの一番の応援者だからねえ。――おっと、ここだよ」

足を止めて障子戸の前に立ち、富士太郎は訪いを入れた。

「その声は富士太郎さんだな」

直之進の声がし、障子戸が横に滑った。

「あれ」

土間に立った直之進を見て、富士太郎は頓狂《とんきょう》な声を発した。

「直之進さん、それは旅支度ですか」

「うむ、そうだ」

直之進が自分の全身を見下ろす。

「では、またどこかに旅に出るのですか」

「今度は下野だ」

「えっ、下野。どうしてですか」

「おみわどのの行方が知れた」

「ええっ、まことですか」

目をみはって富士太郎はきいた。後ろに控えている珠吉も驚きを隠せずにいるようだ。

「うむ、昨日わかったのだ」

ほう、と息を吐き出して、富士太郎は直之進の顔をじっくりと見た。

「いいことがあったから、直之進さんの顔色がいいんですね」

「そうかな」

「ええ、つやつやしていますよ。まるでどこかの娘っ子みたいですよ。こうまでいいと、逆に心配になってくるから、人というのは不思議なものですよ」

「体調は万全だ。どこも具合が悪いところはない。富士太郎さん、珠吉、上がってくれ」

「お邪魔してもかまいませんか」

「もちろんだ。さあ、上がってくれ」

「じゃあ、お言葉に甘えて」

珠吉をうながして富士太郎は土間で雪駄《せった》を脱ぎ、薄縁の上で正座した。後ろに珠吉が控える。

「お茶をどうぞ」

おきくが富士太郎と珠吉に茶を出してくれた。町奉行所からここまで急ぎ足で歩いてきて喉の渇きを覚えていた富士太郎は湯飲みを手に取り、がぶりとやった。

「あつっ」

ぶはっ、と富士太郎は噴き出した。茶のしぶきが盛大に自分の着物にかかった。

「大丈夫か、富士太郎さん」

腰を上げ、直之進がきく。

「火傷はしておらぬか」

「ええ、大丈夫です」

「樺山さま――」

おきくが手ぬぐいで富士太郎の着物を拭いてくれる。

「ああ、すみません」

おきくに拭いてもらいながら、富士太郎は頭をかいた。

「まったくおいらはどじだなあ。直之進さんたちに、お茶はかからなかったですか」

「大丈夫だ。案ずることはない」

「――旦那、いくら喉が渇いているからって、なにもそんなにあわてて飲むことはありませんよ」

「富士太郎さん、珠吉のいう通りだ。人間、なにごとも落ち着きが肝心《かんじん》だ」

「はあ、そうですよね」

おきくが薄縁を拭いているのを見ながら、富士太郎はうつむいた。

「昔っから、それがしは落ち着きがないっていわれていたんですよ」

「それは母上にかな」

「ええ、さようです」

「実は俺も同じだ。母には同じことをずっといわれ続けてきた」

「えっ、まことですか。直之進さんが落ち着きがなかっただなんて、にわかには信じられないなあ」

「ようやく今になって、少しは落ち着いてきたということだろう。若い頃はひどかったものだ。よくいろんなところに頭をぶつけていたよ」

直之進は端整な顔をゆるめている。そばに座るおきくが、にこにこして直之進を見つめている。それに気づいて直之進がおきくをじっと見る。互いを見やる目が、太陽でも宿したかのようにきらきらしている。

ずいぶん幸せそうな二人だねえ。うらやましいよ。

「それで直之進さん、これから下野へ発つんですか」

おきくから目を外して、直之進がうなずく。

「うむ、そのつもりだ。早いほうがいいと思ってな」

「それにしても、よくおみわさんの行方が知れましたね」

「運がよかったの一言だ。思いのほか探索がうまくいった」

「おみわさんは下野のどこにいるのです」

顔を突き出して、富士太郎はきいた。斜め後ろに控える珠吉も、興味津々という顔つきをしているようだ。

「下野の都賀郡押切村だそうだ」

「なにゆえおみわさんがその都賀郡の押切村にいることがわかったのですか」

「実は、向島に行ってきたのだ」

向島でどのようなことがあったのか、直之進がわけを告げる。

「へえ、そいつはすごいことがあるものですねえ」

我知らず富士太郎は嘆声を漏らしていた。

「やっぱり、人には親切にするものですね。身動きができなくなった大八車を助けたら、その車力がおみわさんと関係のある人だったなんて」

何事にも偶然はなく、筋書は最初からすべて決まっているという珠吉の言葉が思い出される。

「直之進さん、それがしは磐井屋さんの押し込みのことを調べてきました。いまその件についてて申し上げてもよろしいですか。それとも、下野から帰られたときにしますか」

「いや、いまお願いしたい」

答えて、直之進が居住まいを正す。

「下野に赴く前に、どのようなことが起きたのか、知っておくのは大事だろう」

「ええ、そうですね」

ごくりと唾を飲み込んで、富士太郎は話しはじめた。

「それがし、例繰方の者が用意してくれた事件の留書を読んできました。そこに書かれていたのは、事件は二十五年前に起き、下手人はいまだに捕まっていないこと、何人で押し入ったか不明なこと、うらみを抱いて磐井屋に押し込んだのではないかとみられること、などです」

いったん言葉を切り、富士太郎はわずかに息を入れた。

「実際に金は取られていますけど、金目当てなら、狙うべき店はこの江戸には、もっとほかにいくらでもあるでしょうからね。磐井屋さんが奪われた金子は、十両程度ではないかと思われます」

「十両か。五十両が奪われたようなことを町役人はいっていたが、記憶ちがいだろうな」

「きっとそうでしょう。当時の磐井屋さんは親戚の店に頼まれて、かなりの金子を融通していたようです。ですから、五十両もの金が店にあるはずがなかったのです」

「ほう、そうだったのか」

こほんと富士太郎は咳払いをした。

「直之進さん、それがしにはとても気になったことが一つあります」

興味を惹かれたように直之進が富士太郎を見つめてきた。

「磐井屋さんが押し込みに遭ったあと、匿名のたれこみがあったようなのです」

「たれ込みが」

「ええ、今に至っても、誰がたれ込んだのか、わかっていません」

「たれ込みの中身はどういうものかな」

「押し込みの下手人は福木《ふくき》家という大身の旗本であるというものです」

富士太郎はすらすらと述べた。

「福木家……」

「実は、当時の福木家の当主である帯刀《たてわき》という人は、大目付の要職にあったのです。そんな大物だけに、町奉行所は福木家のことを調べることなど、ろくにできなかったようですね。とても情けないことですが」

後ろに控えている珠吉は、そんなことがあったのか、といいたげな顔をしているようだ。

「福木家は無罪放免になったかというと、そういうわけではないのです。たれ込みがあったあと、帯刀さまが大目付の職を辞し、そしてその直後に病死してしまったのですよ」

「ほう、病死……」

「直之進さん」

居住《いず》まいを正して富士太郎はきいた。

「福木家へ行かれますか。屋敷は牛込《うしごめ》の払方町《はらいかたまち》の近くにあります」

富士太郎にいわれて一瞬どうするか考えたようだが、直之進はすぐに首を横に振った。

「いや、やめておいたほうがよかろう。俺が訪ねていったところで、福木家の者が会うとは思えぬ。会えたとしても、家名を汚《けが》すことになりかねないことだ、正直に話すはずもない。二十五年前のことでは、真実を知る者もほとんどいなくなっていようしな」

「では、このまま旅立ちされますか」

「そうするつもりだ。おみわどのに会い、押し込みの件も聞いてくる。それでわかったことがあれば、富士太郎さんと珠吉に必ず知らせよう」

「それはありがたい。直之進さん、気をつけて行ってきてくださいね」

「うむ、気をつけよう」

「下野まで行くのに、どのくらいの日数がかかるのですか」

「調べてみたのだが、押切村は下野国でも南のほうにある。下総古河《しもうさこが》とは三里ほどしか離れておらぬ」

「古河の近くですか。でしたら、江戸からだと、十八里くらいでしょうか」

「そのくらいだ。片道二日というところだな。今から出れば、明日の夕刻には押切村に着けるだろう」

「明日の夕方ですか。まさか夜、歩くつもりはないですよね」

「夜はできるだけ体を休めようと思っている」

直之進ほどの腕を持っているなら、仮に夜道を行ったとしてもなんの心配もいらない。

正直、富士太郎は直之進がうらやましくてならない。自分が江戸を出ることは決してない。江戸を守る町奉行所の者が持ち場を離れるわけにはいかないのだ。

もしどこかに旅ができたら、どんなにすばらしいだろうと思うが、それはいつも夢想で終わる。

直之進さん、と富士太郎は呼んだ。

「またなにか調べてほしいことがあったら、それがしを頼ってくださいね。待っていますよ」

「うむ、必ずそうしよう。富士太郎さんと珠吉は本当に頼りになるゆえ」

「では、これでそれがしどもは失礼します」

「富士太郎さん、珠吉。忙しいのにわざわざ足を運んでもらい、かたじけなかった」

「なに、小日向東古川町はそれがしの縄張内ですよ。それに、直之進さんとおきくちゃんがどんな暮らしぶりなのか、見ることができてとてもよかった。おきくちゃんのおかげで、この店はずいぶんきれいになりましたね」

「それは俺も認めざるを得ぬ。自分では掃除をしていたつもりだったが、今とは比べようもない。前はひどかった」

それを聞いて、おきくがくすくす笑っている。

直之進とおきくの見送りを受けて、富士太郎と珠吉は長屋をあとにした。

目指したのは、伝通院の南側にある白壁町《しらかべちょう》である。

白壁町は正式には伝通院前白壁町といい、もともと伝通院の寺領だった。今は町方の支配が及ぶ町である。

「あれですね」

首を伸ばして珠吉が指さす。富士太郎も認めた。十間ばかり先に、建物の横に張り出した木の看板が見えている。それには、錠前をかたどった細工が施されている。

すたすたと歩いて、二人は店の前に立った。高久屋、と屋根に扁額が出ている。どこからかだしのにおいがしてくる。振り向くと、高久屋の向かいは二階建ての立派な蕎麦屋である。蕎麦好きの富士太郎はそそられたが、今は蕎麦切りで腹を満たしている場合ではない。それに、今朝も智代の心尽くしを腹一杯に詰め込んできたのだ。

「よし、入ろうか」

珠吉を連れて、富士太郎は暖簾を払った。

「いらっしゃいませ」

明るい声を上げて、手代らしい若い男が広い土間に出てきた。もみ手をしていたが、やってきたのが町奉行所の役人と知って、わずかにかたい顔になる。目に暗い光が宿ったような気がしたが、富士太郎が見直した途端、それは消え失せた。

「あの、錠前がご入り用ですか」

「いや、そうじゃないよ。あるじの岡右衛門に会いたいんだ。いるかい」

「承知いたしました。少々お待ち願えますか」

「うん、いいよ」

奥に姿を消した手代がすぐに戻ってきた。

「お待たせいたしました。お目にかかるそうです。こちらにどうぞ」

手代に案内されたのは奥座敷である。替えたばかりなのか、畳からはいいにおいが立ちのぼっている。

「いらっしゃいませ」

襖を開けて入ってきたのは、まだ三十前と思える男だ。

岡右衛門というのはこんなに若かったのかい。富士太郎は意外な感にとらわれた。おそらく珠吉も同じだろう。

「手前があるじの岡右衛門でございます。どうか、お見知り置きを」

富士太郎も名乗り、珠吉を紹介した。

「それで樺山さま、今日はどのようなご用件でございましょう」

いきなり町方役人が訪ねてきて、気持ちに焦りでもあるのか、岡右衛門が急かすようにいった。用件を口にする前に、富士太郎は岡右衛門をじっと観察した。

人相は、お世辞にもいいとはいい難い。目つきが悪く、唇がゆがんでいる。見た目だけで判断すれば、裏でなにか悪事をはたらいていそうな気がしてならない。

「おまえさん、八十吉という男を雇い入れたことがあるね」

「八十吉ですか。はい、ございます」

岡右衛門は認めたが、すぐに言葉を続けた。

「ただし、雇い入れたのは先代の岡右衛門でございます」

そうなのか、と富士太郎は思った。

「先代はどうしている」

眉根を寄せて、岡右衛門が苦しげな表情を浮かべた。

「一年ばかり前に亡くなりました」

「ああ、そうだったのかい。それはご愁傷《しゅうしょう》さまだね」

「はい、畏れ入ります」

「おまえさん、八十吉が死んだことを知っているかい」

「ええっ、八十吉が死んだ。ま、まことでございますか」

驚く岡右衛門の様子を富士太郎はじっと見ていた。どこか、わざとらしさが見え隠れしている。同じ思いを珠吉も抱いたのではないだろうか。

「うん、嘘をついてもしようがないからね」

「なぜ死んだのですか」

「殺されたんだよ。手の指をすべて切り落とされていたよ」

そこまで聞いて岡右衛門が、ああ、と納得したような顔になった。

「そういえば、小耳に挟みました。何日か前に、関口水道町で起きた一件ですね」

噂とはなんとも足の早いものだが、この男が指なし死体のことを小耳に挟んだというのは本当だろうか。富士太郎たちが来る前に岡右衛門が八十吉の死をすでに知っていたということはあり得ないだろうか。

「うん、その一件だよ。おまえさん、あまり悲しくなさそうだね」

「ええ、正直に申し上げて悲しくはございません。八十吉とはいろいろとございましたから」

それは追い追いきいてゆくことになるだろうね。うなずいてみせた富士太郎はすぐさま次の問いを放った。

「先代の岡右衛門さんが八十吉を雇い入れたのは、いつのことだい」

「五年ばかり前のことでしたね」

「それからずっとここに奉公していたのかい」

「ええ、さようです。つい半年ばかり前、手前がお払い箱にいたしました」

「なぜ馘《くび》に」

「八十吉は実に器用でした。あんな男はそういません。うちの奉公人は男ばかりで、全部で四人です。八十吉は先代岡右衛門の一番のお気に入りでした。とてもかわいがられていたんですよ。でも、それをいいことに、増長したんです。手前に逆らうようなことばかりいったり、したりしましてね」

吐き捨てるようにいい、岡右衛門がいかにもいまいましげな顔つきになった。

「うちの商売にもいい影響を与えるはずがないと手前が判断し、八十吉を放逐《ほうちく》しました」

「なにも与えずに放り出したのかい」

「いえ、それまでの功績がありましたから、もちろんまとまった金子は与えました。一年は軽く遊んで暮らせる額でございますよ。手前はそれほど薄情ではございません」

「八十吉は馘にされたことをうらみに思っていなかったかい」

「うらんでいたかもしれませんが、こちらも商売ですから、必要のない者を雇っておくわけにはまいりません」

「半年前に解雇したあと八十吉と会ったかい」

「いえ、一度も会っておりません。死んだと聞いても悲しくなかったのは、このような事情があったからでございます」

なるほどね、と富士太郎は相槌を打った。

「ここで八十吉はなにをしていたんだい。奉公の中身を聞きたいんだがね」

「錠前をつくっておりました。それはそれは見事な出来の物ばかりでございましたよ。あれだけの技を持つ者はそうざらにはおりません。先代の岡右衛門が見込んだだけのことはございましたね」

「それだけの腕を持つ職人を、おまえさんは放り出してしまったのかい」

「そういうことになります。惜しくないとは申しませんが、お払い箱にしてよかったと思うことが多うございます」

「ふーん、そういうものかね。商売に差《さ》し障《さわ》りはないのかい」

「その点は大丈夫でございます」

自信たっぷりに岡右衛門が顎を引いた。

「残っている職人も、いい物をつくりますから」

「でも、まだまだ八十吉には及ばないんじゃないのかい」

「さようでございますね」

富士太郎の言葉に逆らうことなく、岡右衛門が微笑を浮かべる。

「八十吉のつくる錠前がすばらしすぎたというのは、確かでございますから。それらと比べると、若干、出来が落ちるのは致し方のないことでございましょう」

「売上は落ちていないのかい」

「それは大丈夫でございます。正直に申し上げて、目の肥えたお客さまというのは、本当に少ないものですから、今のうちの職人のつくるもので十分でございます。目の肥えたお客さまには仕方ございませんので、他の錠前屋を紹介するようにしております」

「それはまた律儀《りちぎ》だね」

「律儀さこそ商売の大本である、と先代に厳しくしつけられましたから」

「それはいいことだね。ところで八十吉を殺した下手人に心当たりはないかい」

「いえ、ありませんね」

「馘にしたあと、八十吉に一度も会ってないというのは、本当かい」

「本当ですよ。手前は真っ当な男です。嘘は申しません」

「八十吉を憎んでいなかったかい」

「もちろん憎んでおりましたよ。でも、お払い箱にしたあとは、その気持ちは薄れていきました。今はなんとも思っていません。不運にも殺されてしまって、冥《めい》福《ふく》を祈ろうという思いしかありませんよ」

目を閉じて両手を合わせ、岡右衛門はなにやら経らしいものをぶつぶつと唱えはじめた。

「ところで、妙な噂を聞いたんだけど、いいかい」

富士太郎は問いかけた。

「妙な噂とおっしゃいますと」

目を開けて、岡右衛門がきいてきた。

「八十吉が盗人だったたって噂さ」

「ええっ」

一瞬、目を大きく見開いたが、岡右衛門はすぐに笑い出した。

「そいつは実におもしろいですなあ。錠前をつくっている者が盗人ですか。そいつは火消しが火付けみたいなものですね」

「火消しに火付けがいないかい」

むっ、と岡右衛門が黙り込む。

「八十吉が盗人かもしれないと考えたことはないかい」

「ありませんよ。もし盗人だったら、御番所に突き出しています」

「ふーん、そうかい」

「先ほども申し上げましたけど、手前どもは真っ当に商売をしております。道を踏み外すようなことは決してしちゃおりません」

真剣な顔で岡右衛門が断言した。


高久屋をあとにした富士太郎は、すぐに後ろを振り返った。

「珠吉、今の錠前屋のあるじをどう思った」

「どう思ったもなにも、怪しいの一言に尽きやすよ。自分のことを真っ当という者に、真っ当な者なんか、いやしませんぜ」

「うん、おいらもそう思うよ」

「それに旦那、あっしらを見る奉公人たちも、どこか暗い目をしていたと思いませんかい」

「ああ、そうだったね。みんな、いやな目つきをしていたね。あの店のやつら、きっとみんな盗人だよ」

「もちろん岡右衛門が頭領ですね」

「その通りだよ。なにか企んでいるにおいが、店中にぷんぷんしていたもの」

「それだけ強い気を放っているってことは、近々大きな盗人仕事を控えているんじゃないでしょうかね」

「かもしれないね。でも、これまで岡右衛門たちと思える盗人働きはなかったねえ」

「武家だけを狙っていたのかもしれませんよ」

「ああ、そういうことかもしれないね。大名屋敷なんかは、盗みに遭っても外聞をはばかって届けを出さないからね」

「――旦那、八十吉を殺したのは岡右衛門でしょうか」

「そうじゃないかとおいらはにらんでいるよ」

「どうして殺したんでしょう」

「代替わりの際は、いろいろあるからね。一年前に先代が死んで、岡右衛門と八十吉のあいだには軋轢《あつれき》が生まれたようだね」

「岡右衛門にとって、八十吉の技はもう不要だったってことってすかね」

「八十吉の代わりの者が育ったのかもしれない。そうでなくとも、八十吉が必要であることを忘れてしまうほど、岡右衛門は八十吉のことを憎んでいたのかもしれないね」

　さいですね、と珠吉がいった。

「それで旦那、これからどうするんですかい」

「知れたこと――」

　強い口調で富士太郎は珠吉に伝えた。

「高久屋と岡右衛門のことを徹底して調べることだね。高久屋を張るのもいいかもしれないね」


　だしのにおいが二階までのぼってくる。

　鼻をくんくんさせ、富士太郎は思いきり吸い込んだ。

「うーん、たまらないね。珠吉、この蕎麦屋には入ったことがあったかな」

「どうですかね。そんなことはどうでもいいじゃありませんか。旦那、油断は禁物ですぜ」

「うん、わかってはいるんだけどね。珠吉、高久屋になにか動きがあったかい」

　畳の上で、富士太郎はごろりと横になっている。

「いいえ、まだなにもありやせん。静かなものですぜ」

「なら、いいじゃないか、だしのにおいを嗅ぐくらい」

「いいんですけど、旦那、気をゆるめることだけはなしにしてくださいよ」

「心配いらないよ。おいらはそんな太平楽《たいへいらく》じゃないよ」

「あっしもそう願いますけど、その寝姿は太平楽そのものに見えますよ」

「珠吉、高久屋のことは一人が見てれば十分だよ。珠吉が疲れたら、おいらが交代するからさ」

薄く開けた障子のあいだから、珠吉は真剣な眼差しを向かいの高久屋に向けている。

またたしのにおいが立ちのぼってきた。

この文助《ぶんすけ》という蕎麦屋は、意外な名店なのかもしれない。

気づくと、部屋の中がだいぶ暗くなってきた。珠吉の顔が見えにくくなっている。

「もう夜が近いんだね」

「じき日暮れですよ」

起き上がり、富士太郎は伸びをした。それから珠吉に体を寄せる。障子の隙間から外が見下ろせる。まだ完全に夜はきていないが、あと四半刻もすれば真っ暗になるだろう。

今頃、と富士太郎は考えた。直之進さんはどこにいるのかねえ。もうどこかに宿を求めているだろうね。今日一日で六里くらいは歩いたのかなあ。だとしたら、今夜は杉戸《すぎと》か幸手《さって》泊りだね。

軽く肩を揺すって、珠吉が身じろぎした。富士太郎は顔を珠吉に向けた。

「珠吉、肩が凝《こ》ったんじゃないかい」

「ええ、凝りましたよ」

目を高久屋に向けたまま珠吉が答える。

「もんでやろうか」

「旦那にそんな真似、させるわけにはいきませんよ。――あっ」

「どうした、珠吉」

「岡右衛門が出てきましたぜ」

「本当かい」

障子の隙間から、富士太郎は眼下を見た。

珠吉のいう通り、岡右衛門が奉公人を一人連れて道に立っている。他の奉公人は、岡右衛門を見送りに出てきたようだ。

「どこに行く気かね」

「つけますかい」

「そうしたほうがいいだろうね」

富士太郎と珠吉は階下に降りた。蕎麦屋の二階を貸し切りにしてもらっている。一階は通常通り、商売をしている。混む刻限で、うまそうに蕎麦切りをすっている音が聞こえてくる。空腹を感じたが、今はそういう場合ではない。

客から見えないように、裏から富士太郎たちは外に出た。路地を伝って表通りに向かう。

「まずあっしがあとをつけます。その後ろから旦那は来てください」

黒羽織の上に、どこにでもある羽織をもう一枚まとっているが、長身の富士太郎はやはり目立つだろう。

「うん、わかったよ」

じゃあ、といって珠吉がすっと路地から道に出た。どこか忍びのような身動きで、富士太郎はほれぼれと見とれた。頭の中で十を数えてから、珠吉のあとを追いかけた。

珠吉とのあいだには、半町ばかりの距離がある。だいぶ暗さが増してきた中、そのさらに半町先を岡右衛門と番頭らしい男が歩いているのが見える。大道を戌亥（北西）の方角に向かっていた。

逃がさないよ。いったいどこに行く気だい。

途中、提灯をつけたものの、岡右衛門たちは、さほど歩かなかった。二人が足を止めたのは、小石川御簞笥町《おたんすまち》である。

御簞笥町と呼ばれる町は府内にいくつかあるが、ここの御簞笥町は上、仲、下と三つに分かれている。岡右衛門たちがいるのは上町《かみまち》である。

珠吉は岡右衛門から半町の距離を保ったまま、右側の路地に身をひそめているようだ。暗闇に紛れ、富士太郎は珠吉のいる路地まで足音を殺して進んでいった。

「見えるかい」

「ああ、旦那。ええ、見えますよ」

「どれどれ」

路地からそっと顔をのぞかせ、富士太郎は岡右衛門たちを眺めやった。

一軒の商家の前で、岡右衛門と奉公人はひそひそと話をしているようだ。ときおり、ちらりちらりと建物に目を当てているのが知れる。その商家は、今日はもう店じまいをし、すでにがっちりと戸が閉まっている。

「あれは何屋さんかな。このあたりはいつも見回っているけど、夜になると景色がちがうものね」

「米問屋の東島屋《ひがしじまや》さんじゃないですかね」

「ああ、珠吉のいう通りだね。このあたりじゃあ、きっての大店だ。もしや押し込むつもりかね」

不意に、話をやめて岡右衛門と番頭の二人が動いた。どこに行くつもりだい。富士太郎は目を凝らした。

二人は路地を入って、東島屋の裏手に回ったようだ。

「珠吉、どうする」

「おそらく今夜は下見でしょう。裏からも、東島屋さんの様子を探る気でいるんじゃないんですかい。あっしらはここを動かないほうがいいと思いますぜ」

「うん、珠吉のいう通りだね」

「東島屋さんというと――」

あまりおもしろくなさそうな口調で珠吉がいった。

「金蔵には、うなるほどの金が詰まっていると評判ですね。買い占め、売り惜しみが得意で、しこたま儲けているという噂ですよ」

「確かに評判はいいとはいえないね。だからといって、盗人に金を奪わせるわけにはいかないよ」

「それはよくわかっているんですけどね」

「岡右衛門たち、今回は商家の蔵を破るつもりでいるんだね。武家からちまちまと盗むのはやめて、たんまり稼ぐつもりでいるんじゃないのかね」

「きっとそういう算段なんでしょうね」

あっ、と小さく声を上げて、珠吉が身を引いた。

「やつら、戻ってきましたぜ」

「もう少し奥に隠れたほうがよさそうだね。姿を見られるわけにはいかないよ」

富士太郎と珠吉は、路地の奥に身をひそめた。なにも気づかない様子で、岡右衛門と番頭は路地の前を通り過ぎていった。

「珠吉――」

岡右衛門たちの足音が消えるのを待って、富士太郎は忠実な中間を低い声で呼んだ。

「やつらをつけてくれるかい」

「承知しました。旦那はどうするつもりですかい」

「おいらは東島屋を訪ねるよ」

「なるほど、盗人に気をつけるように知らせるんですね。——じゃあ旦那、あっしは行きますぜ」

「頼んだよ。十分に気をつけるんだよ」

いわれて珠吉がにやっとする。

「わかってやすよ、旦那。あっしも素人《しろうと》じゃないんですからね」

身を低くするや、珠吉がすっと姿を消した。

相変わらず珠吉は若いね。そんなことを思いながら路地を出た富士太郎は、まっすぐ東島屋に向かった。羽織を一枚脱いで臆病窓の前に立ち、どんどんと戸を叩いた。

「どなたですか」

臆病窓が開き、男が目をのぞかせた。

「町奉行所の者だ。樺山富士太郎だよ」

「えっ」

じろじろと目が見つめてくる。富士太郎は、中の明かりで黒羽織がよく見えるようにした。

「樺山さま、もう店は終わったのですが、どのような御用でしょう」

「主人に用事があるんだ。大事な用件だから、早く開けてくれないかね」

「は、はい、承知いたしました」

くぐり戸が開き、すぐさま富士太郎は身を入れた。土間に立つ。

「いま旦那さまを呼んでまいります」

「いや、もう来ているようだよ」

畳敷きの広間に恰幅《かっぷく》のよい男が立っていた。歳の頃は四十代半ば、頬がたっぷりとしているが、目つきはなかなか鋭い。名は又蔵《またぞう》。縄張内の大店のあるじだけに、これまで何度も顔を合わせている。

「これは樺山さま」

「遅くにすまないね」

「それはかまわないのでございますが、いかがされました」

「いいにくいのだけど、この店は盗人に見込まれたようだよ」

「ええっ。うちが盗みに入られるのでございますか」

「盗人がたったいま下見をしていったよ」

「さようですか」

さすがに又蔵の顔色が青くなった。

「しかし、うちの金蔵が破られるとは思えないんですが」

「錠前は特製かい」

「もちろんですよ」

「見せてもらってもいいかい」

「はい、こちらにどうぞ」

中庭に出て、富士太郎は又蔵のあとをついていった。

「いかがです」

さすがに金蔵はどっしりとしている。堅牢なだけでなく、美しすぎるほど見事な石造りである。

「錠前もすごいね」

「こちらも特別にあつらえたものですからね」

「どこでつくらせたんだい」

まさか高久屋じゃないだろうね、という言葉はのみこんだ。

「青葉屋《あおばや》さんですよ」

　この店も錠前屋としては相当、名高い。江戸開府以来の老舗として知られており、商家からの信用も厚い。

「この錠前を破れる者は、まずいないでしょうな」

　胸を張り、又蔵は豪語した。

「でも、盗人がこの店を狙っているのはまちがいないよ」

「その盗人というのは、いったい誰です」

「それはまだいえないんだ」

　やんわりと首を振り、富士太郎はすぐさま続けた。

「多分ね、盗人一味は五年、いや、十年に一度の大仕事のつもりじゃないのかな。この金蔵を破って大金をいただいたあとは、ひっそりとおとなしくして、ほとぼりが冷めるのをじっと待つんだろうね。そのあいだにじっくりと次の獲物をうかがう気でいるんじゃないのかな」

「樺山さま、手前どもはいったいどうすればよろしいでしょう」

　不安に瞳を揺らせつつ、又蔵がきいてきた。

「それは心配いらないよ」

拳をぎゅっと握り締めて、富士太郎は断言した。

「又蔵さんらは、おいらたちのいう通りにしてくれればいいよ」

今夜のことは他言無用だよ、と念押しして富士太郎は東島屋をあとにした。


蕎麦屋の文助の二階では、珠吉が富士太郎の帰りを待ちかねていた。

行灯の灯の下でも、珠吉の頬が赤みを帯びているのがわかった。珠吉は気持ちをひどく高ぶらせていた。

「珠吉、なにかあったのかい」

高久屋を見下ろせる座敷に落ち着くと、富士太郎はさっそくたずねた。

「実は、先ほど岡右衛門たちは店に戻ってきたんですがね」

声音は思った以上に冷静である。

「うん、どうしたんだい」

「店に入る前に岡右衛門の口から、新月の晩、という言葉が漏れ聞こえてきたんですよ」

「新月の晩にやるって意味だね、そいつは」

「まちがいありませんよ」

先ほどまで薄い雲がちらほら出ていたようだが、いま空は晴れており、糸ほどに頼りない月が浮かんでいるのが見える。

「次の新月はいつだい」

「多分、二日後ですよ」

富士太郎のほうが、気持ちが高ぶってきた。ふう、と大きく息をつき、富士太郎は心を落ち着かせようと試みた。

平静な口調で珠吉にいう。

「二日後の晩、岡右衛門たちは東島屋を襲う気でいるんだね」

「ええ、まちがいないでしょうね」

深くうなずいた珠吉が、目をきらりと光らせる。

「よし、必ず一網打尽《いちもうだじん》にしてやるよ」

自らにいい聞かせるように富士太郎は低くつぶやいた。

四

つけられている気がしてならない。

いや、まちがいなくつけられている。すでに直之進は確信している。

——だが、いったい誰が。

何者かがつけている気配は、ここ四半刻以上にわたって続いている。あたりには、夕暮れの気配が迫りつつあった。

朝の五つ過ぎにおきくの見送りを受けて小日向東古川町の長屋を出て、四刻以上が経過している。

これまで何度か足を止め、直之進は腰の竹筒を傾けて、ぬるい水を飲んだ。その際、後ろの気配をさりげなく嗅《か》いでみたが、何者かが姿を見せることはなかった。

誰がなにを目当てに、この俺をつけているのだろうか。俺の命か。だが、誰かに狙われる覚えはない。

ともに奥州街道を下ってゆく旅人は少なくない。近くを歩いているのは、商人主従や年老いた町人の夫婦、籠《かご》を担いだ近在の百姓、故郷に赴くらしい五人の武家の一行、江戸の女と思える年増女三人組、錫杖《しゃくじょう》を手にし古ぼけた袈裟をまとう僧侶である。

いずれも、直之進に害意を抱いているようには思えない。

内心で首をひねりながら、直之進は歩き続けた。

途中、年増女三人組はお団子《だんご》をいただきましょうよ、とかしましい笑い声を上げて茶店に立ち寄り、籠を担いだ百姓は脇道にそれた。商人主従は、街道沿いに建つ宏壮な屋敷の門を入っていった。

いま直之進の近くにいるのは、五人の武家と僧侶、年老いた夫婦だけである。

警戒を解くことなく直之進が歩き続けていると、街道が不意に林に包まれた。急に吹きはじめた風が木々を騒がせ、たっぷりとかいた汗が一気に引いてゆく。

こいつは寒いくらいだな、と直之進は少し身を震わせた。

林は意外に長かったが、じき木々が切れるというところで水音が聞こえてきた。右手に目をやると、わずかに盛り上がった岩のあいだから水が湧いているのが見えた。

あたりに気を配り、直之進は泉に近づいた。こんこんと湧く水を目の当たりにしたら、ごくりと喉が鳴った。すぐに竹筒を一杯にし、直之進は喉の渇きを癒やした。

あまりの冷たさとうまさに、我を忘れそうだ。まさに甘露と呼ぶべきものだろう。

水がよいところは酒もいいというが、このあたりでもすばらしい酒が醸されているにちがいない。飲んでみたいが、酒は口にせぬと決めている。それを破る気はない。

再び竹筒に水を汲み入れながら、あたりの様子を直之進は探ってみた。だが、自分を狙っている者はやはりいないように思える。

武家の五人組は足早に直之進を追い越していった。年老いた夫婦は、直之進を真似て竹筒を泉で一杯にしている。前を行く僧侶はゆっくりとした歩調を崩さず、錫杖を突く音が軽やかに響いてくる。

この者たちのいずれかが刺客なのか。考えられないことではない。

狙いはやはり俺の命か。

そういえば、と直之進は思い出した。昨日、白髭神社で掏摸を捕まえたばかりだ。

そうか、あの掏摸の仲間が報復に出たのか。

ふむう、と直之進は内心でうなり声を漏らした。となると、俺を襲おうとしているのは一人ではないのだろう。徒党を組んでいるに決まっている。

先ほど通り過ぎた道標によると、あと半里ほどで今夜、泊まることにしている幸手宿である。相変わらず殺気は感じられない。だが、いやな気配は消えない。すでに刻限は暮れ六つを過ぎ、夜のとばりが降りてきていた。

つと、前を歩いていた僧侶が足を止めてかがみ込んだ。草鞋《わらじ》の紐を結び直しているようだ。油断はできない。直之進は少し距離を取って、僧侶を追い越した。

もし徒党を組んでいるのなら、と直之進は思った。最も怪しいのは、前を行く武家の五人組である。歩調をこちらに合わせているように思えてならないのだ。

そんなことを考えて五人組をにらみつけていたら、直之進は唐突に足を止めることになった。後ろから一気に殺気が盛り上がり、全身を包み込んだからだ。

刀の柄《つか》に手を置き、直之進はさっと振り向いた。

錫杖を手に、僧侶が直之進を見据えていた。距離は五間ほど。暗さが増してきた中、目が異様な光を帯びている。

――あやつが刺客だったか。

いつでも刀を引き抜けるようにしながら、直之進は僧侶を凝視した。

だが、刺客は僧侶だけではなかった。

案の定、武家の五人がきびすを返し、一気に距離を詰めてきたのである。すでに五人とも抜刀していた。刀身の群れは、鈍い光を放っている。

あたりからは人けが絶えている。やつらは、今しかないと判断したのだろう。

敵は全部で六人。

――前後を固められた。これは容易ならぬ。

だが、生きるためにはこの者たちを倒すしかない。倒して、おみわを見つけなければならぬ。そして無事に江戸に帰り、おきくに会わなければならぬ。

こんなところでくたばるわけにはいかぬのだ。

「なにゆえ俺を襲う。物取りか」

鯉口《こいぐち》を切って直之進は僧侶に問うた。正確には、僧侶の形《なり》をしている者だろう。

「掏摸の報復といえばわかるか」

男が低い声でいった。

やはりそうであったか、と直之進は納得した。だが、六人もの刺客を送り込んでくるなど、大仰すぎるのではないか。

それだけ大がかりな組なのかもしれないが、もしや自分は虎の口に手を突っ込んでしまったのか。

腰を落とし、直之進はすらりと刀を抜いた。正眼《せいがん》に構える。

僧侶の形をした男が、直之進の腕を測るように見つめる。

「俺の腕を知っているのか。よいか、俺はこれまできさまら以上に修羅場をくぐり抜けてきておるぞ」

僧侶の形をしている男が、五人の侍に向かって手を振る。この五人も侍の恰好をしているだけかもしれない。

錫杖を上段に掲げ、僧侶がまっすぐ突っ込んできた。大きく振り上げられた錫杖が、まだ直之進を間合に入れていないにもかかわらず、一気に落ちてきた。

――どういうことだ。

一瞬、直之進は戸惑った。だが、すぐに答えは見つかった。きっと玉すだれのように錫杖が伸びてくるにちがいない。

案の定、ぐん、と伸びた錫杖が直之進の頭を割ろうとした。だが、その前に直之進は突進していた。

錫杖はむなしく地面を打ちそうになり、僧侶の形の男は必死に引き戻そうとしている。その前に、直之進は深く踏み込んでいった。男の足に刀が入る。膝の上から血が噴き出したのを見て、直之進はすぐさま刀を引き、背後の五人に向き直った。

五人は刀を振り上げ、直之進に斬りかかろうとしていたが、僧侶の形の男がもんどり打つように倒れたのを見て、一様に驚きの色を表情に浮かべた。

直之進はためらうことなく五人の輪の中に突っ込み、刀を振るっていく。右に動いた男に片手斬りを見舞い、右肩から出血させた。返す刀で左側にいる男の胴を薙《な》いだ。男がかわすのを計算に入れ、肘を斬った。うめきを上げて男が刀を取り落とす。

あと三人。

息を継ぐ間もなく、長身の男が刀を袈裟懸けに振るってきた。

その斬撃を横に動いてかわし、直之進は逆胴《ぎゃくどう》に刀を振っていった。それはよけられたが、その動きによって男の足がわずかに土に取られた。直之進は上段から刀を落としていった。長身の男はかわしきれず、左肩から血を噴き出させた。

あと二人。

後ろから、ずんぐりとした体軀《たいく》の男が迫ってきた。いきなり突きを繰り出してきた。直之進は後ろに下がってよけようとしたが、刀はぐんと一伸びして、直之進の胸をとらえようとした。刀を振るって敵の突きを横に払うや、直之進は怖さを抑え込んで大きく踏み出した。刀を逆に突き出してゆく。ずんぐりとした男は体を開いてかわそうとしたが、直之進の突きは男の肩を貫いた。うぐっ、とずんぐりとした男が声を漏らす。刀を引き抜いた直之進はすぐさま袈裟懸けに振るい、ずんぐりとした男の右腕を切った。血しぶきが舞う中、男が膝を地面についた。

ついにあと一人となった。

ここまで戦ってきて、さすがの直之進も、息が上がりそうになっている。真剣を手にしての戦いは、やはり稽古とはまったく異なる。

いくら修練を重ねても、実戦の経験の差がものをいう。

「まだやるのか」

声に凄みを利かせて直之進は、目の前に立つ影に問うた。

うおう、と吠えてその影が動いた。すすす、とすり足で進んでくる。ずいぶんほっそりとした男だ。だが、斬撃は目にとまらぬほど鋭かった。腕だけでいえば、この男が一番ではないか。

直之進はそれを刀の腹で受け止めた。がきん、と衝撃が腕を走り抜ける。と同時に直之進は刀を斜めに傾けた。敵の刀が、直之進の刀に沿って、すーと下に滑ってゆく。敵の両腕と腰が伸び、体勢が崩れた。

それを見逃さず、直之進は刀を振り上げていった。敵はかろうじてその斬撃をよけてみせたが、直之進の刀は敵の二の腕を薄く切った。うっ、とうめいて敵がわずかによろけつつ下がる。

——逃がすか。

鋭く足を運び、直之進は距離を詰めた。体勢を立て直す間もなく一気に直之進に迫られて、敵の顔に恐れの色が浮かんだ。

まだ若い男であるのを、直之進はそのときに初めて知った。

泡を吹いたような顔つきで敵がきびすを返し、だっと走りはじめた。その姿はあっという間に闇にのみ込まれてゆく。

直之進は追わなかった。刀を手にしたまま、あたりに目を配る。

僧侶も含め、他の侍も姿を消していた。血のにおいだけが立ち込めているが、これもすぐに風がさらってゆくだろう。

ふう、と直之進は両肩を大きく上下させた。息が苦しくてならない。六人を相手にしたのはさすがにきつかった。ふいごのような息が止まらない。

しばらく直之進はひたすら呼吸をし続けていた。

ようやく息が戻ってきたのを感じた直之進は刀を掲げ、刀身を見つめた。血がわずかに付着している。懐紙を取り出し、それを丁寧に拭いた。血のついたまま刀を鞘にしまうと、抜けなくなることがある。

結局、やつらの命は取らなかった。できることなら殺生せずにすませたい。

あの者たちにも親はいる。子を持つ者だっているだろう。やつらが死んだら、悲しみに暮れる者が確実にこの世にいるのだ。

とにかく、と直之進は思った。生きていてよかった。

これ以上のことはない。

だが次は、と再び奥州街道を歩きはじめて直之進は考えた。

決して容赦はせぬ。

五

まだ夕の七つ過ぎだろう。

思っていたよりも早く着くことができて、直之進は安堵の息を漏らした。

何者とも知れぬ刺客たちから襲われて、ほぼ丸一日が過ぎている。

ここまで来る途中、新たな刺客に襲われるようなことはなかった。平穏な道中が続いた。

目の前に広がっているのは小さな村である。戸数は二十ほどだろう。

光右衛門の故郷の青塚村と同じように、村の入口に木戸が設けてある。

村のまわりは広々とした田んぼで、今は人けがまったくない。田植え前の時季で、土起こしがされつつあるようだ。

村の中には畑がいくつもつくられていた。

迫りつつある夕暮れの気配に追われるように、百姓衆が畑に這いつくばって野良仕事をしている。

「ちとたずねるが」

木戸を入った直之進は、すぐ近くの畑にいる男に声をかけた。

顔を上げた男の両目は、警戒の色を放っている。

「ここは押切村でよいのだな。おみわどのはいるかな」

穏やかな声で直之進はきいた。

「おみわになにか用ですか」

立ち上がった男が、しわがれた声で返してきた。歳はかなりいっている。六十近いのではないか。

「それがしは湯瀬直之進という者だ。おみわどのに会うために江戸から来た。用というのは、おみわどのの元気な顔を見ることだ」

「えっ、おみわの顔を見ることが用事ですか。いったいどういうことですか」

腰の手ぬぐいで手を拭きつつ男が畑を出て、怪訝そうに直之進に近づいてくる。ほかの百姓衆も野良仕事の手を休め、直之進を見つめている。

「おみわどのの元気な顔を見るのは、米田屋光右衛門という者の依頼なのだ。とにかく、おみわどのに会わせてほしい」

「――あの、私がみわですが」

直之進の背後から声がした。振り返ると、背の高い女がこちらをじっと見ていた。

これがおみわか、と直之進は思った。ついに会えた。胸が一杯になり、ほう、と吐息が口から流れ出た。

おみわのそばに女の子がいる。直之進に興味がないかのように、しゃがみ込んだまま土になにか描いている。

亭主らしい者が女の子をかばうように立ち上がり、直之進に険しい目を当ててきた。

青塚村でもそうだったが、在所の村人はよそ者に対しては厳しい。得体の知れない侍に、このくらいの目は当たり前のことだろう。

「お侍、いま米田屋光右衛門とおっしゃいましたか」

足を一歩前に踏み出して、おみわがきく。

「うむ、申したぞ。俺は米田屋光右衛門の娘婿なのだ」

おみわが目を丸くする。

「えっ、そうなのですか」

「うむ。そちらの娘がおみつだな」

「は、はい。よくご存じで」

「おぬしの亭主は泰兵衛どのだったな」

いわれて、亭主があっけにとられる。直之進はにこりと笑いかけた。

「なに、青戸村の雁助がそれらのことをすべて聞かせてくれたのだ」

「ああ、雁助が」

泰兵衛がうれしそうな声を上げた。

「雁助は元気ですか」

泰兵衛もすでに警戒は解いている。他の村人たちも今日最後の野良仕事に戻ってゆく。

「うむ、とても元気だ」

「あの、湯瀬さま、こんなところで立ち話もなんですから、うちにいらしてください」

おみわにいざなわれて、直之進は左側に建つ一軒の家に足を踏み入れた。

百姓家にしては、かなり広い。雁助が、おみわの家は裕福だといっていたが、まさにその通りのようだ。

囲炉裏《いろり》が切ってある部屋に、直之進は落ち着いた。天井がずいぶん高く、横に渡された梁《はり》が驚くほど立派だ。太い柱は歴史をあらわしているかのようにしっとりと黒ずんでいる。

「湯瀬さま――」

身を乗り出し、泰兵衛が呼びかけてきた。

「さっそくうかがいますが、おみわの元気な顔を見ることが用事というのは、いったいどういうことなのでしょう」

顎を引き、直之進はすぐさま説明した。

「それがしは舅どのの依頼で、ここまでやってきた。舅どのは光右衛門といい、米田屋という口入屋を営んでいた。その光右衛門が恩人である磐井屋どのに不義理をしてしまった、ついてはその遺児であるおみわどのを捜し出し、幸せに暮らしているかどうか確かめてほしい、とそれがしに遺言したのだ」

「えっ、遺言ですか。光右衛門さんは亡くなられたのですか」

目をみはったおみわが呆然とつぶやく。両肩がすとんと落ちた。

「うむ、残念ながら」

またも、舅を失った悲しみが直之進の中でふくれあがった。涙が出そうになり、直之進は目頭を押さえた。

気づくと、おみわも同じ仕草をしていた。そんな母親の様子を、おみつが不思議そうに見ている。

「光右衛門さんが亡くなっただなんて。残念でなりません。またお目にかかりたかった」

「それがしも会いたくてならぬ」

直之進はぽつりといった。

「死なせたくなかったのだ」

咳払いをして、直之進はおみわに目を合わせた。気持ちを入れ直す。

「とにかくおみわどの、幸せそうでなによりだ。舅どのは、そのことをなにより も案じていたゆえ」

「はい、私はとても幸せです。よい子にも恵まれましたし」

しみじみとした目で、おみわがおみつと泰兵衛を見やる。

「おみわどの。娘の名は、もしや我が舅どのから取ったのか」

雁助から話を聞いたときに思ったことを、直之進は口にした。

「もちろんです」

いかにもうれしげにおみわが答えた。

「もし自分に子ができたときには、男の子でも女の子でも、光右衛門さんから名をいただこうと思っていました」

「そうだったか。では、もし男の子が生まれていたら、なんという名をつけていた」

「光太郎《みつたろう》です」

これは、大きな声で泰兵衛が告げた。

「きっと次に生まれるのは男の子ですよ」

「では、今おみわどのは」

直之進はおみわに目を転じた。

はい、とおみわがうなずく。

「この秋に生まれることになっています」

いとおしそうに、おみわが腹をさする。

その様子を目の当たりにして、まるで天女のようだな、と直之進は感じた。女という生き物は、子をはらむと神々《こうごう》しくなるようだ。それは、おあきも同じだった。

となると、きっとおきくもそうなるのだろう。早くこの目で見たいものだな、と直之進は思った。

「それはよかった」

心の底から直之進は喜んだ。

「おみわどの、聞くが、おぬしは舅どののことをうらんではおらぬのだな」

おみわが意外そうな顔を上げる。

「うらむだなんて、そんな。私は昔、光右衛門さんに憧れていたのですよ」

おみわが、少しいたずらっぽい目を泰兵衛に向けた。

「光右衛門さんは、とてもお優しい人でした。私はよく遊んでもらいました」

「ああ、そうだったのか」

光右衛門が細い目をさらに細めて、幼いおみわと遊ぶ光景が脳裏に浮かんできた。きっと光右衛門は楽しくてならなかっただろう。

背筋を伸ばし、直之進は真剣な顔になった。覚悟を決めておみわに述べる。

「おみわどの、今からきき辛いことをきく。かまわぬか」

おみわが、なにをきかれるのか、覚ったような表情をする。

「はい、お聞きになってください」

「ちょっと待ってください」

手を上げて泰兵衛が直之進を見る。

「この子を隣に連れていきます。――おみつ、さあ、あっちに行くよ」

込み入った話がはじまるのを察した泰兵衛が立ち上がり、軽々とおみつを抱き上げて板戸を開ける。おみつはまだおみわと一緒にいたそうにしていたが、なにもいわずに連れていかれた。

ずいぶんと聞き分けのよい子だな、と直之進は感心しつつ、改めておみわを見つめた。

「それがしが聞きたいのは、おぬしの実家である磐井屋の押し込みのことだ」

はい、とおみわが首肯《しゅこう》した。

「おみわどの。おぬし、押し込みのことは覚えているか」

瞳に強い光をたたえて、おみわがすっと顔を上げた。

「忘れようがありません」

かたい声音で告げた。

「そうか、そうだろうな」

今も心に深い傷を負ったままでいるのが、はっきりと伝わってくる。

「磐井屋が押し込みに遭って、なにゆえおぬし一人だけが助かったのか、それがしはそれを知りたいのだ」

そのことですか、とおみわが形のよい顎を引いた。

「あのとき私は厠《かわや》にいたのです」

「厠にいて、助かったのか」

「はい、うちの厠は外にありました。用足しをしているとき、家の中でなにかよくないことが起きていることは、私にもわかりました。荒い物音がし、奉公人のものらしい悲鳴が聞こえてきましたから」

いつしか、おみわは涙を流しはじめていた。

「ここでじっとしていなければいけない。私は膝をつかんで、自分にいい聞かせていました。おっかさんやおとっつぁんのことが心配で駆けつけたかったのですが、首を横に振って、来ちゃいけないよ、というおっかさんの顔が浮かんできたものですから。私はそのおっかさんのいいつけを一所懸命に守りました」

これは、下手人と相対していた母親の必死の祈りだったのだろう。

「ただ、厠にいても、いつ怖い人がここにやってきて、目の前の扉を開けるのではないか、――恐ろしくて、ずっと震えていました」

うぅ、とおみわが嗚咽した。

どんなに怖かっただろう、と直之進はおみわを思いやった。自分がその場にいたら、果たしてどうしていただろうか。きっと家に駆け込み、殺されていただろう。

「おみわどの、よく我慢したな」

おみわをじっと見て、直之進はいたわりの言葉をかけた。うぅぅ、とおみわのむせび泣く声が大きくなった。できることなら背中を優しくさすってあげたいが、それは自分のすべきことではないだろう。

「泰兵衛どの」

隣の間にいる亭主を直之進は呼んだ。はい、と板戸を開けて、泰兵衛が顔を見せる。

「すまぬ。おみわどのを慰めてやってくれぬか」

「はい、承知いたしました」

おみつの手を引き、泰兵衛が敷居を越えた。

「おみわ、聞く気はなかったが、すべて聞いたよ。辛いことがあったのだな」

泰兵衛がおみわの肩をそっと抱いた。おみわが泣きながら、顔を泰兵衛に寄せる。

「おっかさん」

おみつがおみわに抱きつく。

「泣いちゃ駄目よ」

「そうね」

おみわが泣き笑いの顔になった。

「おっかさんが泣くと、おみつがいつも泣きそうになるものね」

手を伸ばし、おみわが娘をぎゅっと抱き締めた。おみつは母親の胸に顔をうずめ、じっと黙っている。

「おみわどの」

直之進は静かに呼びかけた。

「磐井屋に押し込んだ下手人は、それがしが必ず捕らえる」

「えっ、まことですか」

おみつを抱いたままでいるおみわの目には、期待というよりも、むしろ直之進を案ずる色が見えている。

「なに、心配はいらぬ。こう見えても、俺はけっこう遣えるゆえ」

横に置いた刀に、直之進は軽く手を触れた。

「でも、押し込みといってもずいぶん昔のことですし、もはや手がかりもないのではありませんか」

「手がかりは必ず見つけ出す。おぬしにとって、押し込みは決して昔のことではないしな。それがしは、とにかく許せぬのだ。人の命を無慈悲に奪った下手人が、今ものうのうとこの世を渡っているかもしれぬことがな」

おみわは目尻に涙をうかべ、身じろぎ一つせずに直之進を見ている。

「下手人は必ず捕まえてみせる。おみわどの、吉報を待っていてくれ」

「は、はい、承知いたしました」

おみわの目には感謝の色が宿っている。

「では、それがしはこれでな」

刀を手に取り、直之進は立ち上がった。

「えっ、今宵はうちに泊まっていってください」

驚いておみわが引き止める。

「いや、今より江戸に帰る」

「今から江戸に」

仰天したような声を泰兵衛が発する。

「そうだ。いても立ってもいられぬ。一刻も早く江戸に立ち戻り、磐井屋どのに押し込んだ下手人を捜そうと思う」

「しかし湯瀬さま、夜道を行くことになります。それはあまりに危険です」

「なに、大丈夫だ。さっきも申したが、それがしはけっこう強いのだぞ。夜目《よめ》も利くし、もともと徹夜には慣れておる。寝ずの稽古は若い頃からよくやったゆえ。あのきつさに比べたら、夜道を行くなど屁でもなかろう」

腰に刀を差した直之進は土間に降り、草鞋の紐を結んだ。

「湯瀬さま、本当に行かれるのですね」

おみわが寂しげな顔つきで問う。

「うむ、そうだ」

広い土間を進んでからりと戸を開け、直之進は外に出た。すでに日は暮れかかり、残照《ざんしょう》が空を橙《だいだいいろ》色に染めている。

「ちょうど暮れ六つか。今から出立すれば、どんなに遅くとも、明日の昼八つ頃には江戸に着けるだろう」

直之進を見送るために、おみわたちが一家で出てきている。

「えっ、そんなに早く着けるものでございますか」

目を丸くして泰兵衛がたずねる。

「手前どもは必ず途中で二泊はしていきますのに」

「それはおみつちゃんを連れているからであろう」

「湯瀬さま、どこかで必ずお休みになってください。無理は禁物でございますよ」

すがるような顔で、おみわが懇願する。直之進はおみわに笑いかけた。

「よくわかっている。休息の大切さというのは、肝に銘じておるゆえ。最後に、おみつちゃんを抱かせてもらってよいか」

おみわに申し出た。

「もちろんです」

笑顔になったおみわが快諾してくれた。

「おみつちゃん、いいかい」

笑みを浮かべて近づくと、おみつのほうから抱きついてくれた。直之進はふわりとおみつを抱き上げた。

女の子らしい、いいにおいがした。ずっとこうしていたいものだな。直之進は幸せな気分に包まれた。人の子でもこんなにかわいいのだ。これが自分の子であったら、いったいどれだけかわいいものか。

「ありがとう、おみつちゃん」

おみつを静かに地面に下ろし、直之進はおみわと泰兵衛に向き直った。

「では、まいる」

「お気をつけて」

別れを惜しむような口調でおみわがいい、深く腰を折った。泰兵衛も頭を下げている。

「かたじけない」

くるりときびすを返し、直之進は歩きはじめた。

おみわが幸せをつかんでいるのは、この目でしっかりと確かめた。

だが、これだけでは天から見ている光右衛門は満足しないだろう。

なぜなら、光右衛門が磐井屋に不義理をしたという理由がいまだにはっきりしていないからだ。

磐井屋を襲った押し込みのことを調べ、下手人を捕らえれば、きっと光右衛門も満足してくれることだろう。

第四章

一

時の鐘が響いてきた。

夜の五つである。

余韻をたなびかせるようにして鐘の音が、夜空に吸い込まれる。

「珠吉、空は晴れているかい」

畳に横になり、腕枕をしている富士太郎はささやき声でたずねた。

「どうやら厚い雲が覆っているみたいですぜ。月も星も見えやせん。もっとも、今夜は新月ですから、雲のあるなしは関係ありやせんけどね」

あっ、と珠吉の口から小さく声が漏れた。

「どうしたい、珠吉」

すぐさま富士太郎は起き上がった。

「なにか動きがあったかい」

「戸が開きやしたぜ」

珠吉は、蕎麦屋の文助の二階から高久屋を見下ろしている。

「ぞろぞろとおでましですぜ」

「どれ、おいらにも見せてくれるかい」

わずかばかり開いている障子のあいだから、富士太郎は眼下の高久屋を見つめた。

高久屋のあるじである岡右衛門が路上に立っている。ほかに四人の奉公人が主人のそばにおり、そのうちの一人が提灯《ちょうちん》を手にしていた。

「やつら、今から東島屋に行く気かな」

うーむ、と珠吉が小さくうなる。

「ちと刻限が早いような気がしますね」

「そうだよね。いくらなんでも盗みに入る刻限じゃないよ」

下の通りには、酔客らしい者たちがまばらながらもまだ行きかっている。これから飲みに行くらしい、足取りのしっかりしている素面《しらふ》の者も少なくない。

行くぞ、というように岡右衛門が顎をしゃくり、歩を進めはじめた。提灯を持った一人がすぐさま先導のために岡右衛門の前にまわり、もう一人が後ろについた。

店の前に残った二人が頭を下げ、岡右衛門たちを見送っている。

「あの二人は店で留守番ですかね」

「どうもそうみたいだね」

岡右衛門たちの姿が見えなくなったか、二人の奉公人が店内に引き上げた。軽い音を立てて戸が閉まる。

それを見届けてから、富士太郎と珠吉は階下に降りた。蕎麦屋の中はひっそりとして、人の気配が感じられない。もう主人夫婦と小女たちは、眠りについているのだろう。

と思ったら、富士太郎たちの物音を聞きつけたらしく、竹串のようにほっそりしたあるじが一人、顔をのぞかせた。

「行かれますか」

低い声で富士太郎にきいてきた。

「うん、行ってくるよ」

感謝の眼差しを向けて富士太郎は答えた。

「長いこと、商売の邪魔をしてすまなかったね。今夜でおしまいだよ。番所からきっと褒美《ほうび》が出るから、待っといておくれ。――おいらたちが出ていったら、戸締まりをしてくれるかい」

「承知いたしました。では、もう樺山さまたちはお戻りにならないのですね」

「うん、戻ってくることはまずないだろうね。じゃあ、行くからね」

「あっ、はい、行ってらっしゃいませ。お気をつけて」

あるじが丁寧に腰を折った。

「うん、気をつけるよ」

あるじの見送りを受けて、富士太郎たちは裏口を出た。表に回り、高久屋の前に奉公人がいないことを再度確かめた。

珠吉が提灯に火を入れる。通りの前方に岡右衛門たちの姿はない。

提灯を下げた珠吉の背を追うように、富士太郎は急ぎ足で歩きはじめた。だが、岡右衛門たちに追いつく必要はない。六人の町奉行所の小者が、すでにあとをつけているはずなのだ。その中には、目端の利きそうな興吉もいるはずである。

きっと張り切っているだろうね、と富士太郎は思った。でも、勇み足にならなきゃいいけど。それだけが富士太郎の気がかりだった。

富士太郎も気持ちが高ぶりはじめている。だが、これまでに何度も捕物を経験して、頭の中は、名刀の刀身のように冴え冴えとしている。どんなことが起きても、動じない自信があった。

岡右衛門たちの標的と思える米問屋の東島屋の周囲には、大勢の捕手《とりて》がすでに息をひそめて待ち構えている。

決して逃がしゃしないからね、覚悟しておくんだよ。姿の見えない岡右衛門に向かって富士太郎は心中で語りかけた。

ひたひたと前から足音が近づいてきた。

珠吉が持つ提灯の明かりの中に、急に人影があらわれた。一瞬、富士太郎は身構えかけたが、見知った者であるのが知れて、さすがにほっとした。

まったく、どんなことが起きても動じないだなんて、嘘っぱちじゃないか。

「樺山の旦那――」

声をひそめて呼びかけてきたのは、小者の興吉である。顔に気がかりが浮いているように見える。

「なにかあったのかい」

眉間にしわを寄せて富士太郎はきいた。

「いえ、岡右衛門たちが寄り道をしたものですから、お知らせしておこうと思いまして」

「寄り道というと」

「やつら満浪途《まろうど》という料亭に入ったんですよ」

「ああ、満浪途といえば、東島屋にほど近いところにあるね」

「ええ、その満浪途で三人して飲みはじめたんですよ」

ふむ、と富士太郎は顎をなでさすった。

「満浪途でときをやり過ごし、それから東島屋に向かうつもりかな」

「そうとしか考えられません」

力んだ顔で興吉がいった。

「満浪途に見張りは」

冷静な口調で富士太郎は問うた。

「はい、表に二人、裏口に二人、張りついています」

「それだけいれば、やつらがひそかに出てきたとしても見逃すことはないだろうね。興吉、残りの一人はどうしたんだい。全部で六人だっただろう」

「東島屋に向かいました。岡右衛門たちが満浪途に寄ったことを、向こうの人たちにも伝えておこうと思いまして」

「それはいい考えだね」

富士太郎がほめると、興吉はうれしそうに白い歯をかすかに見せた。

「よし、おいらたちも行こうか」

興吉の先導で、富士太郎たちも満浪途に向かった。


二階から漏れる明かりが、路上をほの暗く照らしている。

にぎやかな三味線の音に合わせ、唄も聞こえてくる。はやっている店のようで、ときおり哄笑が降ってくる。

この店は、と路地の陰から満浪途の建物を見上げて富士太郎は思った。静かな雰囲気で食事や酒を楽しむという店ではないんだね。

そのことが、岡右衛門という男ににつかわしい気がした。

三味線といえば、と富士太郎は思い出した。八十吉を情人《いろ》にしていた、あのおるんという猫のような師匠はどうしているだろう。相変わらず男をくわえ込んでいるのだろうか。

世の中には、あれが好きで好きでたまらない女がいるんだよねえ。ところで、智ちゃんはどうなんだろう。一度覚えたら、人が変わったようになるなんてことはないんだろうか。

なにを考えているんだい。富士太郎は自らを叱りつけた。智ちゃんがあの三味線の師匠と同じなわけがないだろう。智ちゃんは清楚そのものの女性なんだよ。

「旦那、いったいなにをぶつぶついっているんですかい」

珠吉にいわれ、富士太郎は我に返った。

「えっ、おいら、なにかいっていたかい」

「ええ、智ちゃんがなんたらかんたら」

富士太郎は赤面した。

「ほかになにか聞こえたかい」

「智ちゃんは清楚だとか、聞こえましたよ」

「それだけかい」

「ええ、それだけですよ」

「本当だね、珠吉」

「嘘なんかいいやしませんよ」

「信じるよ」

ほっとして富士太郎は空を見上げた。相変わらず雲は厚く、星の瞬きはどこにも見えない。風に、雨のにおいが混じりはじめている。西のほうでは、すでに降りはじめているのかもしれない。

雨はいやだね。うっとうしいもの。このままなんとか保《も》ってほしいものだけどね。

願いを込めて再度空を見上げたとき、富士太郎の月代《さかやき》にぽつりと冷たいものが落ちてきた。

いま何刻だろう、と富士太郎が思ったとき、それに合わせるように鐘の音が響いてきた。

捨て鐘が三つ鳴り、それから四度、鐘は打たれた。

四つの鐘を合図にしたかのように、岡右衛門たちが料亭を出てきた。それを見て、富士太郎たちは一斉に物陰に身を引いた。

雨は四半刻ばかりのあいだ激しく降ったが、今はもう上がっている。あたたかな風が南から吹きはじめていた。

岡右衛門たちは、だいぶ聞《き》こし召《め》しているようだ。盗っ人の頭領とは思えないほど、岡右衛門はふらついている。それを満浪途の女中が横から支えていた。

「ああ、実にうまかったよ」

上機嫌の岡右衛門の声が聞こえた。

「今宵のおつくりは特によかった。ここの魚はいいねえ。最高だったよ」

「それはようございました。板前さんに伝えておきますよ」

「おう、伝えといておくれよ。これはほんの気持ちだ。板さんに渡してくれ」

おひねりを取り出した岡右衛門が女中に手渡す。

「ありがとうございます」

女中が押しいただくようにする。

「おまえさんにやるんじゃないよ。板さんにだよ」

「もちろんわかっていますよ」

女中が身をくねらせて答えた。

駕籠がやってきて、笑顔の岡右衛門が乗り込む。二人の奉公人が駕籠の前後についた。

「やっとくれ」

提灯を手にした奉公人がいうと、駕籠が担ぎ上げられ、動き出した。

えっほ、えっほというかけ声とともに駕籠が夜道を進む。

どこに行く気だい。

駕籠が向かっているのは、東島屋とは反対の方角である。

路地を影のように抜け出た富士太郎たちは、岡右衛門のあとを追いはじめた。

まさかとは思うけど、と富士太郎は足を動かしつつ考えた。このまま白壁町に帰るつもりじゃないだろうね。

富士太郎たちの警戒もむなしく駕籠は、高久屋の前につけられた。

ご苦労さん、といって岡右衛門が駕籠を降りた。奉公人が駕籠かきに代金を払う。

「これは気持ちだよ」

奉公人が酒代も渡したようだ。ありがとうございます、と駕籠かきが礼を述べる。

提灯を吹き消した奉公人がくぐり戸を叩いた。中から声がして、留守番をしていた二人の奉公人が姿を見せた。雨が上がってよかった、というようなことを岡右衛門にいっている。

　空を見て笑みを浮かべた岡右衛門が店内に姿を消した。供の二人も中に入ってゆく。店の中には明かりが灯り、路上に薄い光がにじみ出ていたが、くぐり戸が閉まると、一瞬で明るさは消え失せた。あたりは静寂に包まれた。

「旦那、やつらは飲みに出ただけなんですかね」

　あっけにとられたように珠吉がいう。

「いや、油断はできないよ。一眠りして酔いを覚まし、九つ過ぎになったら仕事に出る気かもしれない。――興吉」

　富士太郎は手招いた。

「なんでしょう」

　忠実な飼い犬のような顔を向けてくる。

「東島屋を囲んでいる捕手に、こちらの事情を知らせてくれるかい」

「承知いたしました」

　一礼して興吉が闇の中に姿を消した。

九つ、八つとときが過ぎてゆく。

そのあいだずっと富士太郎たちは身じろぎせずに高久屋を見守り続けたが、出てくるような動きは一切なかった。

どういうことだい。今夜が仕事の日じゃなかったのかい。

結局、富士太郎と珠吉は、東から上がる太陽をその場で目の当たりにすることになった。

「しくじったね、珠吉」

悔しくてならない。奥歯を嚙み締め、富士太郎は顔をゆがめた。

「不面目この上ないよ。まったく腹を切りたくなっちまう」

「この程度で腹を切るだなんて、旦那は大袈裟ですねえ。お笑いぐさとしか、いいようがありませんぜ」

耳を疑うような言葉が、珠吉の口から吐き出された。

「こんなの、しくじりのうちにも入りませんぜ。この程度のこと、誰だってありますよ。そんなのでいちいち腹を切って、どうすんですかい。旦那は、無駄足も探索のうちだって、口癖のようにいってるじゃないですかい。今回のだって、それと似たようなものじゃないですか。やつらの仕事が昨晩じゃなかった。ただそれがはっきりしただけですよ」

　唾を飛ばすように珠吉がいい募る。実際に唾はかかっていたが、富士太郎は拭いたり、顔をそむけたりはしなかった。

「ありがとう、珠吉」

　素直に富士太郎は感謝の意をあらわした。

「珠吉の一喝で心が軽くなったよ」

　安堵したように珠吉がうなずく。

「すみません、旦那、出過ぎた口を利いて。でも旦那、くれぐれも命を粗末にするようなことはいわないでおくんなさい」

　ああ、そうだったね、と富士太郎は深く反省した。せがれを亡くした珠吉にとって、今は自分が息子のようなものなのだ。

　その息子代わりが死んでしまったら、珠吉は今度こそ生きがいを失ってしまうだろう。

　死んだせがれの分まで、おいらは一所懸命に生きなきゃいけないんだよ。

二

開いた障子戸から、日が射し込んでいる。

狭い土間にのそりと立ち、直之進はおきくの姿を捜した。

四畳半一間しかない長屋だ、捜すまでもない。おきくはこちらに背を向けて、床の拭き掃除をしていた。その姿が新妻らしくて、とてもかわいらしい。

「よく働くな」

「きゃっ」

驚いて、おきくが跳び上がる。

「あなたさま」

目を丸くして直之進を見つめる。

「ただいま戻った」

「ずいぶん早かったのですね」

うれしそうにおきくが近づいてきた。

「おきくの顔が見たくてな」

「本当ですか」

「本当に決まっているではないか」

障子戸を閉め、直之進はおきくを抱き締めた。おきくの香りが気持ちをほっとさせる。このまま薄縁の上におきくを横たえたかった。

「あなたさま——」

潤んだような目をしたおきくが思い出したようにあわてていった。

「そういえば、留守中にお客さまがいらっしゃいました」

「誰かな」

「菱田屋さんからお使いの方が」

「紺右衛門どのから。用件は」

「古株の番頭が戻ってまいりましたのでいつでもお出かけください、とのことでした。番頭さんは舞助《まいすけ》さんとおっしゃるそうです」

そうか、と直之進はいっておきくを放した。

「では、今から行ってこよう」

「えっ、今からですか。疲れていらっしゃいませんか。あなたさま、目が赤いですよ。まさか夜通し歩いてきたのではありませんか」

「そのまさかだが、別に疲れておらぬ」

「一眠りされてからのほうがよろしいのではありませんか」

「いや、平気だ。行ってくる」

小日向東古川町の長屋を出た直之進は東に向かい、少禄の武家屋敷が集まる町を抜けて、下冨坂町にやってきた。

しばし足を止め、直之進はあたりの景色を見回した。大きく息をつく。この町には、常にいい風が吹いているような気がする。

なぜなのか。腕組みをして直之進は考えた。

やはり、この町には菱田屋があるからではないか。いやそうではなく、いい風が吹いているから、菱田屋はこの町で商売をはじめたのかもしれない。

歩を進め、直之進は菱田屋の前で立ち止まった。足を踏み出し、暖簾を払う。

「ごめん」

土間に立ち、人が出てくるのを待った。

「いらっしゃいませ。お待たせいたしまして、まことに申し訳ございません」

奥から姿を見せたのは、六十近いと思える男だった。土間に降りるとき、少し足を痛そうにした。怪我でもしているのか。

「そなたが番頭の舞助か」

「さようにございます。湯瀬さまでございますね。いつも主人がお世話になっております」

「いや、世話になっているのは俺のほうだ。紺右衛門どのは他出中だな」

「さようにございます。いつものようにうちの扱いで奉公に入った方々の様子を見に回っております」

「まったく感心なことよな。決してたやすいことではないと思うが、紺右衛門どのはやり続けている。大したものだとしかいいようがない。——舞助、紺右衛門どのからつなぎはもらった。話を聞かせてもらえるのだな」

「もちろんでございます」

小腰をかがめ、舞助が答える。

「湯瀬さま、こちらにおいでいただけますか」

舞助が床の上に上がる。

「足をどうかしたのか」

直之進にきかれて舞助が振り返る。

「お気づきになられましたか。ええ、このあいだまで相模に出張っていたのですが、帰りの道中でつまずきましてな、それで遅れまして。まったく歳は取りたくありませんな」

「医者には診せたのか」

「診ていただきました。薬を忘れずに塗り続ければ、じきに治るそうでございます」

「それはよかった」

直之進が案内されたのは、襖に和合と墨書された部屋である。

「こちらはあるじの部屋でございますが、湯瀬さまに使ってほしいとのことでしたので、遠慮なくそうさせていただくことにいたしました」

失礼する、といって敷居を越え、直之進は正座した。向かいに控えめな物腰で舞助が着座する。

「湯瀬さまのご用件は、磐井屋さんのことでございましたな」

ほとんど間を置くことなく、舞助のほうから切り出してきた。

「そうだ。俺は先代の米田屋の遺言で、磐井屋の娘だったおみわを捜していた」

「おみわさんですか。確かにいらっしゃいましたな。磐井屋さんが歳を取ってからできた子で、実にかわいかったですよ」

目を細めて舞助が懐かしむ。

「舞助、おみわどのは元気にしていたぞ」

「えっ、では見つかったのでございますか」

「下野の押切村という在所で暮らしていた。子にも恵まれ、幸せそうにしていた」

「それはようございました。手前、ほっといたしましたよ」

舞助が胸をなで下ろしている。

「ところで、そなた、旗本の福木家のことは存じているか」

直之進は新たな問いをぶつけた。富士太郎が調べてくれた、たれ込みで名が挙がった人物だ。

「福木さまとおっしゃいますと、大目付をつとめられた福木さまでございますか」

「その通りだ」

「あまり詳しくはございません。そこそこ存じ上げているという程度でございます。大目付をつとめられたのは、帯刀さまとおっしゃいます。だいぶ前に病死されています」

「今の当主は」

「伝之丞《でんのじょう》さまとおっしゃいます。お歳は三十過ぎでございましょうか」

「今も菱田屋は福木家に奉公人を入れているのか」

「今はつき合いがございませんで、昔は少しだけございましたが、あまりおつき合いはしたくない御家でございましたよ。正直、金払いが本当に悪いお武家でございましてね、いつも苦労させられました。奉公人の扱いもよいとはいえませんでしたし。——ああ、そうだ」

なにかを思い出したように、舞助が似つかわしくない声を発した。

「福木さまには、のちに先代の米田屋さんのお内儀となられるおはるさんも奉公していたのでございますよ」

「えっ、まことか」

直之進は仰天した。光右衛門の遺言状には磐井屋の娘だったおみわを捜してほしいと記されていたが、まさかここで光右衛門の女房の名が出てこようとは、思いも寄らなかった。

いったいどういうことなのか。直之進の頭は混乱した。落ち着け、と自らに命じ、深い呼吸を何度か繰り返した。それで、ようやく心が静まってきた。

これは決して偶然ではあるまい。この世に偶然などないのだ。すべては最初から筋が決まっている。

「おはるどのの実家がどこか、そなたは知っているか」

舞助を見つめ、直之進は基になることをまずきいた。

「存じております。箕早帆屋《みさほや》という油問屋でございます」

「箕早帆屋は、今もあるのか」

「残念ながら」

辛そうな色を瞳に浮かべ、舞助が力なくうなだれる。

「けっこうな大店でございましたが、近所から出た火事に巻き込まれて、全焼してしまいました」

「その火事が出たのはいつのことだ」

「おはるさんが福木さまに奉公に上がって、しばらくたってからのことでございます。確か、おはるさんが十七ぐらいでしたか、今より三十年ほど前の出来事でございます」

「もしや、箕早帆屋から死者が出たのではないのか」

はい、と舞助が唇を噛む。

「箕早帆屋の次女だったおはるさんは、その火事で二親にご兄弟、ご姉妹のすべてを失ってしまわれたのでございます」

「――なんと」

さすがに直之進は呆然とせざるを得ない。

「帰る家をなくしたおはるさんは、天涯孤独の身となってしまわれました」

気持ちを立て直して、直之進は舞助にたずねた。

「おはるどのは、いつ福木家に奉公に上がったのだ」

「確か、十四歳くらいのときではないかと存じます。磐井屋さんの紹介でございました。うちは、箕早帆屋さんとお取引がございましたので、そのあたりは覚えております」

ふむ、といって直之進は考えた。光右衛門が米田屋を開業したのは二十七歳のときである。おはると光右衛門は一回り、十二ちがいと聞いている。舞助の言が合っているのなら、光右衛門が米田屋を開く一年前に、おはるは福木家に奉公に上がったことになる。

そのとき光右衛門は、おそらく磐井屋でまだ働いていただろう。もしかすると、光右衛門の扱いで、おはるは福木家に奉公に出たのかもしれない。

おはるは、二十三歳で光右衛門と夫婦になるまで、九年ものあいだ、ずっと福木家に奉公していたのだろうか。光右衛門と一緒になることが決まったから、福木家を出ることになったのか。それとも、なにか別の理由があったのだろうか。

「磐井屋に押し込みがあったのは存じているな。番所の者から聞いたのだが、その押し込みが福木家の仕業だというたれ込みがあったそうだ」

「ええっ」

舞助が絶句する。

「磐井屋に押し込みをはたらいたのが福木家の者というのは、考えられるか」

考え込んだ舞助がうなり声を出す。

「ご先代が大目付をつとめられたほどの家ですから、さすがにそのような真似をなさるとは思えないのですが……」

やや苦しげな顔で舞助が言葉を濁した。

「公儀の要人だろうと、悪さをせぬとはいいきれまい。大物であればあるほど、悪事に手を染めるものではないかな」

眉根を寄せて、舞助が面を上げた。

「手前には断言はできません。湯瀬さま、大目付をどなたが監視しておられるか、ご存じでいらっしゃいますか」

「大目付の監視役を担っているのは、目付であろう」

息を詰め、直之進は舞助を凝視した。

「もしや、福木帯刀どのが大目付をつとめているとき、目付をしていた者を紹介してくれるつもりではあるまいな」

ふふ、と舞助が微笑した。

「さすがに湯瀬さまでございますな。勘がとてもおよろしい。あるじが、口を極めてほめるはずでございますな。――手前がご紹介しようと思っているのは、今は隠居されているお方でございます。彦坂洛之《ひこさからくの》介《すけ》さまとおっしゃいます」

口を閉じ、舞助が思案の表情になった。

「しかし、彦坂さまは、ちと気むずかしいお方でございます。ですので、手前が紹介したからといって、果たして湯瀬さまにお話をしていただけるものか、正直なところわかりかねます」

うむ、と直之進はうなずいた。

「目付のときに得た事の次第や内容、細かな様子などを他者に漏らすわけにはいかぬだろうからな。だが舞助、無駄足を承知でその彦坂どののもとに、俺は行ってみようと思う。紹介状を書いてくれぬか」
「お安い御用でございます」
慣れた様子であるじの文机から紙と筆、墨を取り出し、失礼いたします、と直之進に断ってから舞助は文机の前に座った。筆を執り、さらさらと紙に文字を書きはじめる。
金杉水道町《かなすぎすいどうちょう》にある彦坂家を訪ねると、洛之介はあっけないほどたやすく会って
くれた。
「湯瀬どのといわれたな。菱田屋の舞助の紹介でいらしたとのことだが、あの
男、息災にしておるのか」
洛之介は六十をいくつか過ぎているのだろう。さすがに元目付だけのことはあ
り、猛禽《もうきん》を思わせる鋭い目をしていた。目付という役目はこの男にとって天職だ
ったのではないかと思えてくる。
「とても元気にしております。——これを」
手を差し伸ばし、直之進は舞助の紹介状を手渡した。さっと手に取り、洛之介
が読みはじめた。

「ふむ、おぬしのことは信用のできるお方と書いてある。紺右衛門もおぬしに絶大なる信頼を置いている、とも記されておる」

たたんだ紹介状を懐にしまい入れ、洛之介が直之進を見つめる。

「それで湯瀬どのはどのようなことで、わしのような暇な隠居のもとにいらしたのだ」

意を決して直之進は福木家のことを述べた。

直之進の話を聞き終えるや、厳しい顔つきの洛之介がかぶりを振った。

「それが仮に悪事に類することであろうと、わしが職務で得た秘密を漏らすことはできぬ。大金を積まれても無理だ」

やはりそうか。こうなれば直之進が覚悟していた通り、無理押ししたところで、もはや埒は明かない。

邪魔した詫びを洛之介に告げて、直之進は彦坂家をあとにした。

――さて、どうする。

公儀のことならば、と直之進は考えた。あの御仁を頼るしかあるまい。

風が少し強くなってきていた。袴の裾をなびかせて、直之進は足を北に進めはじめた。

半刻ばかりかけて田端にやってきた。ここまで来ると、あたりの緑はかなりまぶしいものになる。付近には田園が広がり、大勢の百姓衆が精出して働いている。

さて、登兵衛《とうべえ》どのはいらっしゃるかな。

勘定奉行の枝村伊左衛門《えだむらいざえもん》の配下で、なにかと忙しい身だから出かけているかもしれない。

かたく閉められた門の前に立ち、直之進は訪いを入れた。

「湯瀬さまではありませんか」

小窓から目をのぞかせた男が、弾んだ声を上げる。直之進とすっかり顔なじみになった門衛である。

「登兵衛どのはおいでか」

「はい、いらっしゃいます」

門衛が開けたくぐり戸を、直之進は素早く抜けた。敷石を踏んで母屋に上がり、香を焚《た》きしめてあるらしい座敷に通された。

「湯瀬さま、よくいらしてくれましたな」

うれしげな声とともに、淀島《よどじま》登兵衛が座敷に入ってきた。

「登兵衛どの、過日はかたじけなく存ずる」

「はて、なんのことですかな」

「我が舅どのの葬儀にいらしてくれたではないか」

「その件でございますか。当然のことでございます。わざわざお礼をいわれるほどのことではありません」

一つ瞬きをして、登兵衛が直之進をやんわりと見る。

「して、湯瀬さま。今日は何用にございますか。急に訪ねてこられるなど、珍しい」

「用がないと足を運ばぬ男で申し訳ない。登兵衛どのは福木という旗本家をご存じか」

「福木さまでございますか。以前、帯刀さまというお方が大目付をつとめていらした福木家なら、名だけは存じておりますが」

「まさにその福木家だ。帯刀という人物が大目付をつとめていた頃のことについて詳しい者がいると助かるのだが。もちろん、職務上の秘密などといわず、しっかりと福木家について話をしてくれる者がよい」

にこやかな笑みをたたえて、登兵衛が見つめてくる。

「どうやら湯瀬さまは、すでにどなたかに話を聞きに行かれたのですね。そして、なにも話をしてもらえなかった。お相手は元目付あたりと拝察いたしましたが、いかがでございますか」

「さすがに登兵衛どのだ。ご明察、畏れ入る」

ははは、と登兵衛が明るく笑った。

「さようでございましたか。承知いたしました、福木さまに関して詳しく知っている者については、すぐに調べてみることにいたしましょう」

力強く登兵衛が請け合う。

「よろしく頼む」

「できるだけ早くお答えできるようにいたします。つなぎは米田屋さんにするのが、都合がよろしいですか」

「うむ、そうしてくださるか。米田屋なら常に誰かいようからな。――なにゆえ俺が福木家のことを調べようとしているかというと……」

直之進は理由を告げた。

「さようでございますか。樺山さまのお調べで福木家の者が磐井屋という口入屋に押し込んだというたれ込みがあったと――。しかもその福木家に先代の光右衛門さんのお内儀が奉公されていたのですね。それは、確かに不思議な符合《ふごう》でございますな」

ふむう、と登兵衛がうなるような声を出す。

「しかし、そのたれ込みが事実だとしたら、恐ろしいことでございますね。帯刀さまが大目付をつとめていたとき、押し込みをはたらいたということになるのでございますからね」

「その通りだ」

「とにかく福木家のことですね。語れる者をしっかりと捜し出させていただきます」

「よろしく頼む」

両手をついて直之進はこうべを垂れた。

「湯瀬さま、そこまでされることはございません。どうか、お顔をお上げになってください」

登兵衛があわてていったが、直之進はしばらくその姿勢を崩さなかった。

登兵衛の田端の別邸をあとにした直之進は、さて、これからどうするか、と考えた。

いい考えは浮かばない。

だが、登兵衛からつなぎが来るまでまったく動かないというわけにはいかない。

どうすればよい。

風が吹き渡るだけで、周囲にあまり人けのない道を直之進は頭を巡らせながら歩いた。

いい案は出ない。出るのはうなり声だけだ。

相変わらずおつむの出来はよくないな。いや、さすがに疲れているだけかもしれぬ。疲れて頭が働かぬのではないのか。

直之進としてはそう思いたかった。

とにかく、なにもいい考えが浮かばないのは事実だ。ため息をついて直之進が顔をしかめたとき、いきなり背後から剣気がわき上がった。

強烈な斬撃が襲ってきたのが知れた。

袴の裾をひるがえし、直之進は振り返ろうとした。目に飛び込んできたのは、一筋の光芒《こうぼう》である。

刀を抜いたところで間に合わない。直之進は横に跳んだ。刃《やいば》が耳元をかすめ、風を受けてはらんだ着物の腰のあたりを切り裂いた。ぴっ、という音が直之進の耳に届いた。

土の上でごろりと転がり、直之進は体を起き上がらせた。しゃがみ込んだような体勢になっている。だが、すでにそのときには、敵の間合に直之進は入っていた。またも猛烈な勢いで刀が振り下ろされる。

刀を抜くことはかなわず、直之進は再び横に跳躍《ちょうやく》するしかなかった。

敵の刀は直之進の体をかすめた。着物のどこかがまた切れたようだ。袴かもしれない。だが、体に痛みは感じない。

敵の腕はなかなかのものだが、こちらのほうが上だろう。もし自分が不意をついていたら、一撃目をかわされるような羽目にはなっていない。確実に仕留めている。

体を投げ出し回転した直之進は、立ち上がりざまに刀を引き抜く。間合を詰めて斬りかかろうとしていた敵は、直之進が正眼に構えたのを見て、動きを止めた。

ひるんだように直之進には見えた。

間髪を容れず、直之進は勢いよく土を蹴った。敵が胴に刀を振ってきた。それを直之進は柄で受けた。がつ、と刃が食い込み、全身を震わせるような衝撃が走った。

同時に刀を捨て、直之進は脇差を抜いた。そのまま敵に斬りかかる。とにかく倒さねばならない。手加減する気は一切なかった。

その直之進の気迫が伝わったのか、刀を必死に引き戻した敵が恐れをなしたようにきびすを返した。泡を食って逃げてゆく。直之進の面が鬼に見えたのかもしれない。

敵は覆面をしており、顔は見えなかった。だが、これまで相まみえたことは一度もないのではないか。

直之進に追う気はない。敵が逃げるにまかせた。腕の差は見せつけた。あの男はもう二度と襲ってこぬだろう。

脇差を鞘におさめ、直之進は路上に転がっている刀を拾い上げた。刀身の汚れを懐紙《かいし》で拭き取り、納刀する。

もう一度、敵が去ったほうを見やってから、直之進は南に向かって歩き出した。すでに日は暮れかけている。今の男は、と歩きつつ考える。明らかに、人けが絶えたところを見計らって襲ってきた。

なかなか遣える男だったが、いったい何者なのか。

答えは一つだろう。

福木家の家臣で、まちがいないのではないか。福木家にとって、直之進は都合の悪いことを暴き出そうとしているのだ。

それにしても、と直之進は思った。福木家のことを調べ回っている自分のことを、漏らした者がいる。

それは誰か。

すでに直之進は確信を抱いている。元目付の彦坂洛之介しか考えられぬ。

あの男は、大金を積まれても無理だ、といったが、あの言葉は実は、金さえもらえればいくらでも転ぶぞ、という暗示だったのではないか。

人の言葉を表からしか見ない俺は、裏があることなどまったく考えなかった。

もしや、と直之進の思案は続いた。磐井屋の押し込みの件をうやむやにしたのも、彦坂洛之介なのではないか。

そして、昔のことをもし蒸し返す者がいたら、必ずつなぎをくれるように、彦坂洛之介は福木家の者にいわれていたのだろう。

このまま彦坂屋敷に押し入り、と直之進は思った。洛之介を脅してみるか。

そうすれば、なにか吐くのではないか。剛毅《ごうき》そうに見えたが、金で動く者の性根は大したことがない。

だが人を脅すというのは、直之進はどうにも性に合わない。優しすぎるのかもしれないが、気が進まない。

——俺には無理だ。

今は、福木家について詳しいことを知っている者に話を聞ければよい。本当に福木家の者が襲ってきたとして、と直之進は考えた。どんな屋敷なのか、この目で確かめておく必要があるのではないか。

福木家の屋敷はどこだったか。

富士太郎の話では、牛込の払方町とのことだった。

いまだに江戸の地理に疎《うと》い直之進にはあまり道はわからず、ここからどのくらいかかるか知れないが、とにかく行ってみようという気になった。

おみわに会う前は、福木家を訪れようという気はなかったが、今は事情がちがう。

少なくとも、この目で屋敷を確かめるくらいのことはしなければならぬ。

今度はたっぷり一刻近くかかった。

すでに夜の波は江戸の町を浸している。

直之進は牛込払方町にやってきた。さすがに歩き回って疲れを覚えている。おきくのいう通り、一眠りしておくべきだったか、という気になる。だいたい、男よりも女のいうことのほうが正しいことが多い。男はそのことを断じて認めようとしないが、たまには素直になってもよいな、という気になってくる。

だが、疲れたなどといっていられない。この俺から体力を取ったら、いったいなにが残るというのか。

しばらく歩いて町地を抜けると、武家地になった。

——ここか。

足を止め、直之進は目の前の屋敷を眺めた。

あたりは真っ暗だが、さすがに大目付をつとめた家だけのことはあり、宏壮であるのはわかる。敷地は優に二千坪を超えているのではあるまいか。

大目付は三千石から五千石ほどの旗本の中から俊秀《しゅんしゅう》が選ばれる。

この屋敷で帯刀という男が生まれ、大目付になった。今の当主である伝之丞には、その目があるのだろうか。

門はかたく閉じられている。その前に立ち、邸内の気配を嗅いだ限りでは、福木家はひっそりとして人けがほとんど感じられなかった。

帯刀が大目付だった頃は、夜間といえどもひっきりなしに人の出入りがあったはずだ。大目付という役目は人付き合いを避けなければならないらしいが、公儀の要職ともなれば、やはりそういうわけにもいくまい。

便宜を図ってもらうため、引きも切らずに大勢の者が訪ねてきていたのではあるまいか。今はその面影はまったくない。

屋敷からは殺気も感じられない。張り詰めた気配は一切伝わってこない。

本当にこの屋敷の者が刺客を放ったのか。

どうにもわからない。

このまま入ってみるか。

足を踏み出しかけたが、直之進はすぐに思いとどまった。

今はやめておいたほうがいいような気がした。その直感に素直にしたがい、直之進はきびすを返した。


一晩、おきくのそばで疲れを癒した。

朝一番で向かったのは米田屋である。

暖簾を払い、直之進は土間に立った。

「おう、直之進ではないか」

文机の上に置いた帳面から顔を上げ、驚きの声を発したのは琢ノ介である。

「もう下野から戻ってきたのか。いくら馬のような健脚《けんきゃく》とはいえ、早すぎないか」

さっと琢ノ介が立ち上がり、直之進に近づいてきた。その姿を見ただけでも、体がずいぶん引き締まってきているのがよくわかる。もともとよかった顔色も、さらによくなっている。頬など年頃の娘のようにつやつやしているのだ。

「どうだ、おみわどのに会えたか」

板敷きの上に正座し、興味津々の顔で琢ノ介がきいてきた。

「ああ、会えた。とても幸せそうにしていた」

「そうか、幸せそうにしていたか。それはよかったなあ。そういう話を聞くと、本当にうれしくなるぞ」

琢ノ介は心から喜んでいる。この男の笑顔からは、生来の気のよさが伝わってくる。友になれてよかったと直之進は心底から思う。

「おみわどのはなにをしていた」

「なに、近在の百姓に嫁いでいた。富裕な家だから、なんの心配もいらぬ」

「そいつはよかった。幸せなのだな。ところで直之進、おまえ、寝ておらぬのではないか」

「いや、昨晩ぐっすり寝たぞ」

「どこで」

「長屋だ」

「なに」

琢ノ介があっけにとられる。

「では、下野から昨日、帰ってきたのか」

「そういうことだ」

「まさかおみわどのに会ったその足で、江戸まで寝ずに帰ってきたのではあるまいな」

「そのまさかだ」

「まったく無茶をしおって。ここで寝ていけ」

「それにしても、琢ノ介、おぬしのほうはずいぶんと体調がよさそうではないか」

「直之進、わかるか」

にこやかに琢ノ介が笑む。

「わからぬはずがなかろう。今どき桜色の頬をした三十男など、滅多にお目にかかれぬ」

「実は酒をやめたのだ」

「なんだと」

直之進は耳を疑った。

「いま酒をやめたといったか。まことか、琢ノ介。あんなに好きだったものをよくやめられたものだ」

「なにをいっておる。おぬしもやめたではないか。やめたのは、舅どののおかげよ。夢枕に立ったのだ」

「本当か。うらやましいな。俺も会いたいぞ。琢ノ介、舅どのに酒をやめるようにいわれたのか」

「そうはいわれなんだ。ただ黙ってわしを見つめていただけだったが、目覚めたとき、なぜか酒をやめたほうがいいという気になったのよ。舅どのはやめるようにいおうとしたのだ、とわしは覚った」

「まちがいなくその通りだろうな」

「わしはこの店を継ぐ前から毎日、外を歩いていた。毎晩の晩酌が楽しみで、よく飲んでいた。それで気持ちよく眠っていたのだが、どうも疲れが取れぬような気がしてならなかった」

「ほう、そうだったのか。そういうふうには見えなんだぞ」

「実はそうだったのだ。舅どのが夢枕に立ってくれたおかげで、なぜ疲れが取れぬ気がしていたのか、はっきりした」

「琢ノ介、よかったな」

直之進が喜びをあらわにしてみせると、琢ノ介も笑みを返してきた。

「次はきっと直之進の夢枕に立ってくれるさ」

「ああ、俺もそう願う」

茶をもらい、直之進は四半刻ほど光右衛門の部屋でくつろいだ。ここにいると、光右衛門と一緒にいるような気がして、心がとても落ち着く。

光右衛門のことだから、今も霊魂と化して家の中をさまよっているのではないだろうか。琢ノ介の夢枕に立ったというのも、それで平仄《ひょうそく》が合う。

そんなことを考えていたら、いつの間にか直之進はうたた寝していたようだ。

目が覚めたとき体の疲れが取れ、すっきりした気分になっていた。

いま俺は、舅どのの夢を見ていなかったか。どんな夢だったか、覚えていないのが残念でならない。

とにかく舅どのはきっと俺の枕元にも立ってくれたのだ。

心が弾む。

あれ、と直之進は思った。いつの間にか頭の下に枕がある。これは、と畳に起き上がって見直した。確か光右衛門が愛用していた枕ではないか。

「おい、直之進」

部屋に琢ノ介が入ってきた。

「舅どのの夢は見られたか」

「ああ、見たような気がする。この枕は琢ノ介が置いてくれたのか」

「まあ、そうだ。今は毎晩わしが愛用させてもらっている」

「そんな大事なものを。琢ノ介、この通りだ」

直之進は頭を下げた。

「いいさ。それよりも直之進、客人だ」

「俺に。どなただ」

「登兵衛どのの使いだそうだ」

「もう来たのか」

さすがに直之進は驚くしかない。福木家のことについて語れる者が、早くも見つかったということか。さすがは登兵衛としかいいようがない。仕事が早すぎるくらい早い。

米田屋の外で待っていたのは、まだ二十歳くらいの若者だった。眉が濃く、目にきりりとした力がある。顔つきが精悍《せいかん》そのものだ。登兵衛は、この男を見込んでいるのかもしれない。

「それがしが湯瀬だ」

直之進は告げた。

「お初にお目にかかります。手前は大輔《だいすけ》と申します」

「用件は、福木家のことか」

「さようにございます」

「よし、連れていってくれ」

「承知いたしました」

大輔と名乗った歳若い使いが直之進を案内したのは、関口台町《せきぐちだいまち》だった。

「こちらです」

大輔が手で指し示したのは、一軒の商家である。看板には、諫早屋《いさはやや》とある。

諫早といえば、確か肥前国《ひぜんのくに》の長崎《ながさき》のほうではないだろうか。

いったいなにを商っているのかと思ったら、呉服のようだ。店内にはあまり客が入っていないが、意外にこういうところのほうが手堅い商売をしていたりする。

「ごめんください」

辞儀をしてから大輔が朝日の当たる暖簾を払った。

「手前は淀島さまの命でまいりました」

朗々《ろうろう》たる声で大輔が口上を述べた。

「ああ、お待ちしておりました。大輔さんでいらっしゃいますね」

頭の真っ白な男が小腰をかがめて土間に降り、すぐさま寄ってきた。

「こちらが湯瀬さまです」

大輔が直之進を紹介する。それを受けて奉公人が頭を下げた。

「手前は、当店にて筆頭番頭をつとめさせていただいております庫吉《くらきち》と申します。どうか、お見知り置きのほど、よろしくお願い申し上げます」

「こちらこそよろしく頼む」

丁重にいって直之進は会釈した。

「では、手前はこれで失礼いたします」

大輔が、直之進と庫吉に向かってこうべを垂れる。

「ああ、大輔どの、手間をかけた。かたじけない」

「こちらこそ噂の湯瀬さまとご一緒できて、楽しゅうございました」

暖簾を外に払って大輔が去った。

噂の、とはどういうことだろう。

「では、こちらにいらしてください」

庫吉の先導で、直之進は奥座敷に通された。

「しばらくこちらでお待ち願えますか」

「承知した」

一礼した庫吉が襖を閉じた。足音が遠ざかってゆく。

出された茶を喫していると、襖の向こう側に人の気配が立った。どこかやわらかな気配である。女人ではないか、と直之進は察した。

「失礼いたします」

襖を開けたのは案の定、女だった。歳はかなりいっている。たおやかな物腰をしているが、芯はしっかりしているのではないかという感を直之進は受けた。

「私は、まあ、と申します。どうか、お見知り置きを」

両手をそろえ、深々と頭を下げてきた。

このおまあという女は、武家屋敷での奉公の経験があるのだろう。そういうにおいを放っている。奉公先は福木家にちがいあるまい。物腰の落ち着きぶりからして、この店の女将《おかみ》ではないだろうか。

「それがしは湯瀬直之進という。さっそく本題に入らせてもらうが、おまあどのは福木家について詳しいのだな」

「正直なところ、今の福木さまのことは存じ上げません。しかし三十年ほど前の福木さまのことなら、よく覚えております」

はきはきとした口調で、おまあがいった。

「八年ものあいだ、福木さまにはお世話になりましたから」

「八年か。それはまたずいぶん長かったな」

おまあがふんわりとした微笑を浮かべる。

「過ぎてしまえば、あっという間でございました」

「うむ、そういうものであろうか」

背筋を伸ばしておまあを見つめ、直之進はすぐさま問いを放った。

「おまあどのが福木家に奉公しているとき、帯刀どのは大目付をつとめておられたとか」

「その通りでございます。まったく大層なご勢威《せいい》でございました」

いいながら、おまあが眉を曇らせる。

「どうかしたか」

「今いやなことを思い出したものでございますから」

「いやなことというと」

はい、と口を動かしたが、おまあは心を落ち着けるようにしばらくなにもいわなかった。心なしか、おまあの呼吸が速くなったようだ。

いったいどんなことを思い出したのか。直之進としてはじっと待つしかなかった。

気持ちが静まったか、おまあが口を開いた。

「実を申しますと、福木さまのお屋敷内で、ときおり人が斬られていたようなのでございます」

「人が。まことか」

さすがに直之進は目をみはらざるを得ない。

「はい。私が奉公しているあいだに、三人の腰元《こしもと》が斬られたという噂がございました」

「三人も。それはまたどうしたことだ」

はい、とおまあがふっくらとした顎を引いた。

「あくまでも噂でございますが、帯刀さまの仕業《しわざ》ではないかといわれておりました。実際に腰元が斬られたところを目にした者は一人もいないのです。本当に、噂でしかなかったのでございます」

「その三人の腰元は死んだのだな」

「はい。ただ、その腰元たちの死は病死として実家に届けられたはずでございます」

それは当たり前のことかもしれない。大名家でも事故で死んだ跡取りなどを、病死として公儀に届けることがあるのだ。

「そんなことがあって、目付の調べが福木家に入らなかったのか」

「入りませんでした。噂が外に漏れれば話はちがったのでしょうが、すべては秘密裏に運ばれましたから。それに、旗本家の腰元が死んだからといって、お目付の調べが入るようなことはまずないと存じます」

その通りだろうな、と直之進は心中でうなずいた。

「おまあどのは、おはるどののことは覚えておられるか」

少し間を置いて、直之進は問いの方向を変えた。

「はい、もちろんです。おはるさんとは大の仲良しでしたから」

一転、顔を生き生きさせて、おまあがしゃべる。

「私と一緒に奉公していたのは、四年ほどでした。私のほうが先に福木さまからお暇《いとま》をいただきました。この店で婿を取ることが決まっていたからです」

どうやらいい婿を迎えたようだな、と直之進は感じた。その婿の采配が的確で、商売は順調なのだろう。もしうまくいっていないのなら、おまあはもっと疲れた顔つきや物腰になっているにちがいない。

「おまあどのが福木家を去ったのち、おはるどのがどうしていたか、存じているか」

少し悲しげにおまあが肩を落とした。

「いえ、詳しくは存じません。つなぎが取れなくなってしまったのでございます」

「実家が火事になったことは」

「それは存じております。火事は、私がまだ奉公していたときに起こりましたから。あのとき私は、おはるさんを一晩中慰めておりました。なにをいえばよいかわからず、ひたすら肩を抱いていたように思います」

もし自分がその立場だったらどうしていただろうか、と直之進は考えた。慰めの言葉がするすると出てくるとは思えない。

「どうしてつなぎが取れなくなった」

「いつの間にかおはるさんが福木家からいなくなってしまい、その後の行方がさっぱり知れなかったからです」

「いつの間にかいなくなったというのは、どういうことかな」

「それがどうやら出奔《しゅっぽん》したようなのでございます」

「出奔した。なにゆえ」

直之進がひらめいたのは、帯刀の腰元斬りとの関わりである。おはるもその犠牲になりかけ、逃げ出したということではないだろうか。

「さあ、それについてはわかりません。昔一緒に働いていて仲のよかった人も、もう亡くなってしまいましたから」

　そうか、と直之進はいった。

「最後に一つよいか」

　直之進は申し出た。

「はい、なんなりと」

　真剣な目をおまあが直之進に注ぐ。

「福木家で帯刀どのに斬られた腰元の家を、おまあどのは存じているか」

「湯瀬さま、行かれますか」

「教えてもらえれば足を運ぶことになろう」

　わかりました、とおまあがいった。

「私が存じているのは、音羽《おとわ》八丁目にある大斤屋《だいきんや》さんでございます。油問屋をしていらっしゃいますが、そこの一人娘だったおもいさんという人が、福木さまのお屋敷で亡くなりました。お殿さまに斬られたという噂が立ちました」

　音羽町といえば、と直之進は思った。佐之助《さのすけ》や千勢《ちせ》、お咲希《さき》が暮らす長屋のある町だ。佐之助と千勢には光右衛門の葬儀の際に会ったが、今はどうしているだろうか。

顔を見たかったが、今日はやめておくしかない。

直之進はさっそく音羽町に足を運び、大斤屋の店先に立った。

相当の大店である。見上げるような大樽が四つも店の中に据えつけられている。奉公人は、少なくとも五、六十人はいるのではあるまいか。

暖簾をくぐり、直之進は訪いを入れた。

「昔、旗本の福木家に奉公に出ていたおももどののことについて、聞きたいのだが」

直之進は名乗った。

「おももさまでございますか」

知らないといいたげに手代が首をひねる。

「もう三十年も前の話だ。おももどのは、こちらの一人娘だったそうだ」

「でしたら、旦那さまでないと」

「会わせてくれぬか」

「はい、少々お待ちください」

手代らしい男が奥に消えた。

すぐに直之進のもとに戻ってきた。

「お目にかかるそうでございます。こちらにどうぞ」

ここでも案内されたのは奥座敷である。大店というのは、立派な座敷をいくつも持っているものだな、と感心する。こちらは四畳半一間住まいというのに。

奥座敷では、すでに主人が直之進を待っていた。直之進は名乗り、頭を下げた。

「手前は臣之助《おみのすけ》と申します」

五十近いと思えるのに、目がきらきらと光り、どこか少年の面影を残した男だ。

「忙しいところ、手間を取らせてまことに申し訳ない」

「いえ、手前は忙しくはございません。忙しいのは奉公人だけでございます」

商売のことは奉公人に任せ、主人は店を構えている町のことに精出す者が多い、と聞いたことがある。臣之助もその口かもしれない。

「それで、手前の姉のことをお知りになりたいとのことでしたが」

興味深げな顔つきで臣之助がきいてきた。

「そうだ。話しにくいことをきくかもしれぬが、よいか」

臣之助が深くうなずく。落ち着いた顔つきをしている。

「ならば、きこう。おももどのは、福木家で亡くなったそうだな。当時の殿である帯刀どのに斬られたのではないか」

「斬られた……」

不可解そうに臣之助が首をかしげる。

「いえ、姉は斬られてはいませんでした」

直之進を正面から見て、臣之助は断言した。

「まことか」

「まことです。この家に帰ってきた姉の遺骸はきれいなものでした。寝ているようにすら見えました。手前には病死したようにしか見えませんでしたが……」

「おももどのは持病でも患っていたか」

「いえ、持病などはありませんでした。健《すこ》やかそのものだったと存じます」

もしかすると、と直之進は思いついた。病ではなく、毒殺されたのかもしれない。

帯刀が腰元を手打ちにしたという噂は、毒殺を偽装するためわざと流したのではないか。

なぜ腰元を毒殺する必要に迫られたのか。おそらく、と直之進は考えた。なんらかの秘密を知られたからだろう。

福木家にはどんな秘密があるのか。

それをおはるも知ったのではないか。

秘密を握ったおはるは、それで福木家を逃げ出したのではあるまいか。

きっとそうなのだろう。おはるは口封じされかねないことを覚っていたにちがいない。

もし逃げたのなら、と直之進は考えを進めた。いったいどこにおはるは逃げたのか。一つしかない。おはるは天涯孤独の身だったのだ。

米田屋ではないか。

実家を火事で失い、家人もすべて亡くしてしまって逃げ場のないおはるを、光右衛門がかくまったのだろう。

もしそうならば、光右衛門も福木家の秘密について知っていたはずだ。磐井屋の押し込みが福木家の仕業であると町奉行所にたれ込んだのは、光右衛門かもしれない。

だが、これらはすべて推測に過ぎない。

福木家から逃げ出したおはるをかくまっていると福木帯刀にみられて、磐井屋は押し込まれ、皆殺しにされたのだろうか。

磐井屋が報復を受けるかもしれないことを知りながら、光右衛門はおはるをかくまい続けたのだろうか。

不義理というのは、このことを指しているのではないか。

おはるを選ぶか、磐井屋のためにおはるを福木家に差し出すか。

選択を迫られた光右衛門は、おはるを選んだのだ。

きっと苦渋の選択だったにちがいあるまい。

三

福木家のことが気にかかってならない。

どうしても我慢できない。

福木家の当主である伝之丞に会って、話を聞かねばならない。俺を襲わせたのはおぬしか、と。

正々堂々、正面から福木家を訪問するつもりでいる。伝之丞が会うかどうかむろんわからない。そのときはそのときだ、と直之進は腹をくっている。

いま刻限は朝の四つを少し回ったところだろう。

牛込払方町には四半刻ほどで着いた。

前にも見たが、さすがに広い。これだけの大旗本になると、内儀のいる奥と表とに屋敷は分かれているはずだ。

長屋門は開いている。門を入り、直之進は敷石を踏んで玄関に立った。

「ごめん」

声を発すると、廊下を走るようにして人が出てきた。この屋敷の用人だろう。

「どちらさまでござろうか」

年老いた男で、いかにも経験が深そうだ。

「それがし、湯瀬直之進と申す。福木伝之丞どのにお目にかかりたい」

「殿に。湯瀬どのといわれたが、どのようなご用件にござろう」

「帯刀どのの件についてお話をうかがいたい」

「前の殿のことでござるか」

「さよう」

「それを我が殿にじかにききたいといわれるか」

「その通り。もう一つうかがいたいことはあるが、それはここではいえぬ。それから、別に俺は腹に一物《いちもつ》あって来たわけではない」

「しばしお待ちあれ。殿にうかがってまいるゆえ」

用人が廊下を小走りに去った。

あまり待たされなかった。用人が息せき切って戻ってきた。額に汗をかいている。

「お目にかかるそうでござる。どうぞ、お上がりくだされ」

「かたじけない」

玄関で雪駄を脱ぎ、直之進はそろりと式台《しきだい》に上がった。

「お腰の物を預からせていただく」

腰を曲げて用人が両手を差し出してくる。刺客を放った家かもしれないが、どちらかといえばのんびりとした雰囲気の家である。仮に襲われたとしても脇差でなんとかなるだろう、と直之進は踏んだ。刀を用人に渡す。直之進の刀を手にした用人が一瞬、柄に目をやって怪訝な顔をしたが、なにもいわずに廊下を進む。

そのあとに直之進はついていった。柱、床板、さすがに、いたるところにすばらしい木材が使われている。

「こちらにどうぞ」

用人にいわれ、風通しのよさそうな座敷に直之進は入った。

「すぐに殿はまいります。お待ちあれ」

一礼して用人が出ていった。入れ違うように三十ほどと思える侍が入ってきた。軽く頭を下げて直之進の前に座る。一見したところ、実直そうな顔つきをしており、悪さをしそうな男には見えなかった。

「それがし、福木伝之丞でござる」

「湯瀬直之進です」

目を上げ、伝之丞が直之進を見る。

「湯瀬どの、父について話を聞きたいとか。どのようなことでござるか」

「その前によろしいか。伝之丞どのはそれがしのことをご存じか」

いぶかしげな顔になった。

「いや、知らぬ。おぬしの名は初めて聞いたし、初めてお目にかかるはずだが」

伝之丞は嘘をついていないように見えた。

ということは、と直之進は考えた。自分を襲ったのは福木家の者ではないのではないか。

「伝之丞どのは、彦坂洛之介という者をご存じか。元目付だった男だ」

「いや、知らぬ。その名も初めて聞く」

これも偽りはいっていないように感じた。つまり、と直之進は考えた。洛之介から伝之丞につなぎはなかったのだ。

ということは、と直之進は覚った。俺を襲ったのは洛之介の手の者だろう。

「伝之丞どの、では、うかがおう」

聞く者の礼儀として、直之進は居住まいを正した。

「おぬし、帯刀どのの悪事について知っておられるのか」

ごまかすことなく直之進はずばりときいた。

息をのみ、眉を曇らせた伝之丞が静かに身じろぎした。思慮深げな目で直之進を見つめる。

「なにゆえ湯瀬どのは、そのようなことをきくのだ」

「ここまで来るのに、いろいろとあった。命も狙われた」

「命を。誰に」

「先ほど名の出た彦坂洛之介だな」

伝之丞がじっと直之進を見る。

「父の悪行など、わしはなにも知らぬ」

「とぼけるつもりか」

「武家が自家のことをぺらぺらとしゃべるわけにはいかぬ」

「だが、話してもらわねばならぬ」

直之進は殺気をみなぎらせた。伝之丞がびくりとする。

「話そうという気になられたか」

語調だけで直之進は詰め寄った。伝之丞がごくりと唾を飲む。

「殺す気か」

「いざとなれば」

緊迫した空気をはぐらかすように伝之丞が苦笑する。

「そなた、梃子《てこ》でも動かぬ顔つきよな」

「当然だ」

しばらくなにもいわず、伝之丞が直之進を見ていた。唇の渇きをいやす。

「湯瀬どの、どうしてここまで来た。詳しく話してもらえぬか」

この屋敷に行き着いた経緯を直之進は詳細に語った。

「ほう、いろいろと調べたのだな」

「当然だ」

「湯瀬どの、おぬし、口がかたいか」

「むろん」

間髪《かんはつ》容れず直之進は答えた。ふむ、と伝之丞が小さく息を漏らした。

「確かにかたそうだ。信じよう」

「では、話してもらえるのか」

「知っている限りは。それにここで湯瀬どのに恩を売っておけば、困ったときに力を貸してもらえそうだ」

「一介の浪人者が、大身旗本の力になどなれるものか」

「おぬし、人の難儀を放っておけぬ質《たち》であろう。まあ、それはよい。湯瀬どの、父の帯刀が病死とされているのはご存じか」

「知っている」

「実は父上は切腹して果てたのだ」

「なに」

「嘘ではない。実際に父上の悪行のせいで、我が家《いえ》は取り潰しもあり得た。だが、父上が切腹してのけたために、なんとかそれは避けることができた」

「帯刀どのはどんな悪事を」

　さすがに伝之丞はいいよどんだ。だが、すぐに腹を決めたか話し出した。

「大目付の職にあったとき、父上は大名の監視を主な仕事にしていた。職務で得ることのできた各大名家の内情について、商家に高値で売っていたのだ」

「なんと」

　それは考えもしなかった。

「そのようなお家の事情が、金を出して手に入るとなれば商家にとっては有益この上ない」

　わずかに苦しげな色を顔に浮かべて伝之丞が続ける。

「だがそのような真似は、大目付にはあるまじきことだ。もしそのことが公儀に露見したら、取り潰しだ」

「それで」

「このようなことはいくら秘密を守ろうとしても、いつか必ず露見する。その秘密を知ってしまった腰元を、父上はひそかに毒殺していたのだ」

　そういうことだったのか、と直之進は納得した。

「ところで伝之丞どの、そなた、おはるという腰元を覚えているか」

伝之丞の顔に喜色が差した。

「覚えている。幼い頃、よく遊んでもらったものだ。急にいなくなってしまい、わしは悲しかった」

「おはるどのは、俺の女房の母親だ」

「ええっ。では、おぬしは米田屋に婿にでも入ったのか」

「そなた、おはるどのが米田屋に嫁入りしたことを知っているのか」

直之進には思いもよらぬ一言だった。

「もちろんだ。それを知ったのは、父上の死後のことだ」

「なにゆえ知っている」

「おはるの行方を調べたからだ。もちろん、おはるに手を出すつもりなど毛頭なかった。わしはただ、おはるが恋しかったのだ」

惚れていたのだろうか、と直之進は思った。だが、年が違いすぎる。憧れのようなものだろう。

「なぜおはるどのが身を隠したか、おぬし、理由はわかっているのだな」

「もちろんだ。おはるは、三人の腰元が毒殺されたことを知り、逃げ出したのだ。焦った父上は深夜、おはるを周旋した磐井屋に乗り込み、おはるを捜した。

いたのだろう」

だが、見つからなかった。おそらく、そのときにはもうすでにおはるは米田屋に
「見つからなかった腹いせに、おぬしの父親は磐井屋の者を皆殺しにしたのか。

だが、なにゆえ悪事が露見し、帯刀は切腹に追い込まれたのだ」

直之進は伝之丞に向かって、その父を呼び捨てにした。

「老中首座《しゅざ》の調べが入ったからだ。どうやら、町奉行から老中首座になんらかの知らせがいったらしい」

これは、と直之進は思った。舅どののたれ込みが功《こう》を奏《そう》したということではないか。

「裏の仕事が老中首座に露見し、父上は切腹して果てたのだ」

顔を上げて、伝之丞が直之進を見た。

「湯瀬どの、もうこのくらいでよいか」

「よかろう」

「湯瀬どの、念押しするが、我が家の秘密は本当に漏らさずにいてもらえるだろうな」

「誰にもいわぬ」

すべての責を負って帯刀が腹を切ったことを、光右衛門はどこからか漏れ聞いたのかもしれない。それで福木家に対する報復などは考えなかったのだろう。

「湯瀬どの、おぬし、存じているか」

帰ろうとした直之進を引き止めるように伝之丞が口を開いた。

「なんのことだ」

「米田屋のことだ」

「聞かせてくれ」

「この屋敷を逃げ出したおはるをかくまったことを、米田屋は磐井屋に伝えたはずだ」

「それは、帯刀が磐井屋に押し込む前のことか」

「当然だ。磐井屋のあるじは、おはるが米田屋にいることを承知の上で、父上の脅しに屈しなかったのだろう」

「なにゆえ、おぬしはそれを知っている」

「おはるは、わしに米田屋光右衛門という男の話をしたことがある。いい男だと申しておった。決して逃げることなどせぬ男だとも」

　それは直之進も認めるところだ。

「おはるは、米田屋光右衛門に憧れていたようだな。米田屋はもともと磐井屋に奉公していたのだな。そのこともおはるが教えてくれた。おはるが惚れるほどの男が、磐井屋という主筋が危うくなっていることがわかっていて、口を閉ざしているはずがないではないか。湯瀬どの、そうは思わぬか」

確かにその通りかもしれぬ、と直之進は思った。光右衛門はおはるをかくまっていたことを磐井屋に知らせていた。そのことに直之進は愕然としたが、同時になんとすばらしい男たちだ、と思わずにいられなかった。

光右衛門も磐井屋も、命を賭しておはるを守ったのだ。

直之進は胸が熱くなった。二人とも男の中の男だ。

俺もそんな男になりたい。直之進は強く思った。

「よし、伝之丞どの、それがしは帰る」

「うむ、湯瀬どの、どうだ、すっきりしたか」

「ああ」

すべてを納得した直之進は伝之丞に会釈して廊下に出た。玄関で用人から刀を返してもらい、福木家を去った。

道を一人歩きながら、これから彦坂洛之介に会うか、と思案した。

あやつはつまり帯刀と組んで悪さをしていたのだろう。帯刀が死んだことにより、自家の存続がかなったにちがいない。

そこに直之進があらわれ、二十五年も前の罪をほじくり出そうとした。焦りを覚えた洛之介は刺客を放ったのだ。

どういう手順を踏んで帯刀を自害させたか、老中首座は、洛之介には知らせなかったのだろう。ただの目付に過ぎない洛之介など、もともと老中首座は、歯牙にもかけていなかったにちがいない。

そんなことを考えながら、直之進が歩を進めていると、いきなり背後から剣気が盛り上がった。

直之進に油断はなかった。こんなこともあるのではないか、と覚悟していた。くるりと体を返し、直之進は抜き打ちを相手に見舞った。

狙い通り、直之進の刀は相手の足を切った。刺客はもんどり打って地面に転がった。血が噴き出し、体の脇に血だまりをつくる。

直之進は刺客の刀を蹴って、道脇に飛ばした。それから、鮮やかな手さばきで刀を鞘にしまう。鞘から下げ緒を外し、刺客の血止めをした。

「おぬし、彦坂家の者だな」

きいたが、若い刺客はなにもいわない。座り込んだまま、いまいましげに直之進を見つめている。

歳は十九、二十くらいだろう。こんなに若い者を刺客に送り出すなど、直之進は腹が煮えてならない。洛之介を許せぬ気持ちで一杯だ。

「今からきさまのあるじに会う。おい、きさま、舌を噛もうなどと考えるなよ。そんなことをしても、すぐには絶命せぬ。もし舌を噛んだら、俺がとどめを刺してやる。その覚悟があるのなら、舌を噛めばいい」

わざと直之進は、薄気味悪い笑い声を発した。その声は、霞《かすみ》がかった青い空に吸い込まれてゆく。

若い刺客はこわごわと直之進を見ている。


どん、と刺客の背中を片手で突き、前に押し出した。

若い刺客はよろけ、洛之介の横にどたりと倒れた。

正面に座る洛之介を見つめ、直之進はどかりと腰を下ろした。

洛之介は憎々しげな顔をしている。だが、今日はその体がずいぶんと小さく見えた。

「きさまが黒幕だったのだな」

　洛之介の面つきを目の当たりにして、直之進はすべてがつながったような気がした。

「推測ではあるが、おそらくすべて合っていよう」

直之進は唇を湿した。

「大目付の福木帯刀は、きさまが操《あやつ》ったのだな。大名家の内情などを商家に売りつけたのは帯刀の意志ではない。すべてはきさまであろう。きさまに使嗾《しそう》され、帯刀は分別をなくしていた。でなければ、大目付の要職にある帯刀自ら磐井屋に押し込むはずがない。きさまの術中にまんまとはまったのであろう」

なにもいわず、洛之介はただ直之進を見ているだけだ。

直之進は片膝を立てた。その上で洛之介の醜い顔を見据えた。

「帯刀が死んで、きさまはさぞほったとしたことだろう。だがいいか、俺はおまえの悪行のすべてを知っている。おまえが福木帯刀と組んでなにをしていたか、すべてだ」

洛之介を見つめつつも、直之進はわずかに口調を和らげた。

「だが、おまえはもうなんの力も持たぬ老体でしかない。老醜のおまえを殺したところで、なんにもならぬ。刀が汚れるだけ、つまらぬ。こたびのことは帯刀の死に免じて、不問に付してやる。それでも、もしまだおまえが俺を殺すというのなら、受けて立とう。逆におまえを斬り殺してやる。わかったか」

口調に凄みを利かせて、直之進はにらみつけた。

うなるような顔つきになったが、洛之介はなにもいわなかった。

「おまえの大事な家臣だ。しっかり手当をしてやれ」

直之進は傷ついた若い刺客を見やった。

「いいか、大切にしてやるのだ。おまえの命《めい》で命を捨ててくれる者など、もはやそうはおらぬぞ」

洛之介は、わずかに顎を動かしたように見えた。

それでよい。胸中でつぶやいて直之進は洛之介のもとを立ち去った。

四

疲れているようだ。

「大丈夫か、富士太郎さん」

長屋に寄ってくれた富士太郎を直之進は気遣った。富士太郎には、磐井屋の押し込みの真相はまだ話していない。

「ええ、まあ」

「八十吉とかいう男の一件がうまくいかぬのか」

「難航しています」

「だが、富士太郎さんと珠吉なら、必ず解決に導くさ」

「そううまくいくといいんですがね」

「富士太郎さんにしては、弱気だな」

「しっぽをつかませないんですよ」

「知恵の回る悪党なのか」

「ええ、なかなかのものですよ」

「なんという悪党だ」

「高久屋岡右衛門です」

「それはどんな悪党だ」

「盗人です。ただ、八十吉という男を殺したはずなんですが、証拠がなにもないんですよ」

「俺も手伝おうか」

富士太郎はうれしそうにしたが、すぐにかぶりを振った。

「いえ、とりあえず自分たちの手でがんばってみます」

「そうか」

「では、これで。直之進さん、おきくちゃん、失礼します」

「なんのおかまいもしませんで」

両手をつき、おきくが丁寧に頭を下げる。

「いえ、お茶がとてもおいしかったですよ。おきくちゃんのいれるお茶は、本当においしい」

「ありがとうございます」

「では、これで」

「富士太郎さん、珠吉、また寄ってくれ」

「はい、必ず」

富士太郎と珠吉は帰っていった。これからまた探索に戻るのだろう。

「あなたさま、樺山さまのお手伝いをせずに本当によかったのですか」

長屋に上がりながらおきくがいった。

「今は仕方あるまい」

直之進は薄縁の上に座った。

「本当に困ったら、必ず助力を求めてこよう。そのときに力の限りを尽くせばよかろう」

わかりました、とおきくがいった。

その日の夕方、長屋にまたも来客があった。

「青塚村の報円和尚さまではありませんか」

戸口に立ったおきくがびっくりしている。薄縁の上に立ち上がった直之進も目をみはった。

「いても立ってもいられず、自分で江戸に出てきてしまいましたよ」

ははは、と旅姿の報円が快活に笑った。だいぶ日焼けしている。

「先に米田屋さんに立ち寄り、光右衛門さんの位牌に手を合わせてまいりました。当代の米田屋さんが、湯瀬さまたちを呼んできますとおっしゃいましたが、拙僧が直接こちらにうかがったほうが話が早いと遠慮しました。とてもよいお方にございますな」

「先代に負けぬだけの商売人になるはずです」

「さようでございましょうな。湯瀬さま、おきくさん、拙僧が今日うかがわせていただいたのは、ほかでもありません」

「では」

期待を込めて直之進はたずねた。

「ええ、例の一件の真相が知れましたよ」

すぐさまおきくが報円を招き入れ、茶を出した。報円が目を細めて茶をすする。

「ああ、おいしい」

湯飲みを茶托に戻して報円が語りはじめた。

「実は、光右衛門さんは最も親しい友をかばったのですよ」

「最も親しい友ですか」

直之進の脳裏に、鷹岡村の菊左衛門という男の顔が浮かんだ。

「どういうことでしょう」

これはおきくがきいた。

「湯瀬さまたちは、参天屋という乾物を扱っている店の菊左衛門さんに会われましたね」

「はい、和尚さまにいわれて足を運びましたから」

これもおきくが答えた。

「その菊左衛門さんを、光右衛門さんはかばったのですよ」

「ええっ」

おきくが驚く。直之進も、菊左衛門のあの苦しげな顔の裏になにかあるのは覚っていたが、そこまでは考えなかった。

「塩問屋の娘をはらませたのは、菊左衛門さんなんですよ。二人は駆け落ちを決意しました。しかし、菊左衛門さんが寸前で怖じ気づき、やめてしまったのです。その後、塩問屋の娘は流産し、腹の子ともども亡くなりました。その頃、光右衛門さんはすでに江戸行きを決めていました。村にいては将来がないような気がしていたのでしょう。土地があるわけでもなく、ただの水呑百姓の三男坊なのですから」

「舅どのは、まさか――」

「さようです。自ら塩問屋の娘は自分がはらませたという噂を流したのですよ」

「そういうことでしたか」

おきくが涙を流している。もろちん、父親を誇りに思っての涙だろう。

「そのあとすぐに、光右衛門さんは青塚村をあとにしました。自分がその汚名を着ることで、親しい友をかばったのです」

手立ての善し悪しは別にして、と直之進は思った。いかにも光右衛門らしいといえよう。

こういう男だからこそ、命を懸けておはるをかばえたにちがいない。

「湯瀬さま、おきくさん、菊左衛門さんを責めないでやってくださいね」

「もちろんです。そんなことをしたら、舅どのに叱られます」

俺は、必ず舅どののような男にならなければならぬ。直之進は改めて決意した。

その直之進の気持ちを知ってか知らずか、さっきまで涙を流していたおきくがにこにこ笑って見ている。

その笑顔を穏やかに見返したら、直之進の気持ちはほころんだ。報円も仏のような顔で微笑している。

この世に生きていれば、必ずよいことがある。どんなことがあろうと、まだまだ死ぬわけにはいかぬ。

なにより、おきくを幸せにしなければならぬ。

不意に直之進の目の中で涙がじわりと盛り上がった。

なんだ、これは。

戸惑ったが、次から次へと涙が出てくる。自分では考えてもいない泣き声が、口をついて出る。わあわあと泣いているのが直之進自身、不思議でならない。

まさに号泣といってよい。

なにゆえこんなに泣けるのか。

これまでたまっていた一切合財《いっさいがっさい》が涙として出ているのだろう。

報円がしみじみと直之進を見ている。

身を寄せてきたおきくが、黙って直之進の背をさすっている。その優しさが身にしみる。

一緒になって本当によかった。俺はもはや一人ではない。

激しく涙をこぼしながら、このときになって初めて、光右衛門が本当に死んだのだな、と直之進は実感した。

この作品は双葉文庫のために書き下ろされました。

双葉文庫

す-08-28

口入屋用心棒《くちいれやようじんぼう》
遺言状《ゆいごんじょう》の願《ねがい》

2014年 4月23日 第1刷発行
2021年10月 7日 第3刷発行

【著者】
鈴木英治《すずきえいじ》

【発行者】
箕浦克史
【発行所】
株式会社双葉社
〒162-8540 東京都新宿区東五軒町3番28号
[電話] 03-5261-4818(営業部) 03-5261-4833(編集部)
www.futabasha.co.jp (双葉社の書籍・コミックが買えます)
【印刷所】
株式会社新藤慶昌堂
【製本所】
株式会社若林製本工場
【カバー印刷】
株式会社久栄社
【フォーマット・デザイン】
日下潤一

ISBN978-4-575-66663-2 C0193
Printed in Japan

秋山香乃 からくり文左 江戸夢奇談
風冴ゆる
長編時代小説〈書き下ろし〉
入れ歯職人の桜屋文左は、からくり師としても類まれな才能を持つ。その文左が、八百八町を震撼させる難事件に直面する。シリーズ第一弾。

秋山香乃 からくり文左 江戸夢奇談
黄昏に泣く
長編時代小説〈書き下ろし〉
文左の剣術の師にあたる徳兵衛が失踪した日の夕刻、文左と同じ町内に住む大工が、酷い姿で堀に浮かぶ。シリーズ第二弾。

秋山香乃 伊庭八郎幕末異聞
未熟者
長編時代小説〈書き下ろし〉
心形刀流の若き天才剣士・伊庭八郎が仕合に臨んだ相手は、古今無双の剣士・山岡鉄太郎だった。山岡の〝鉄砲突き〟を八郎は破れるのか。

秋山香乃 伊庭八郎幕末異聞
士道の値《あたい》
長編時代小説〈書き下ろし〉
江戸の町を震撼させる連続辻斬り事件が起きた。伊庭道場の若き天才剣士・伊庭八郎が、事件の探索に乗り出す。好評シリーズ第二弾。

秋山香乃 伊庭八郎幕末異聞
櫓《ろ》のない舟
長編時代小説〈書き下ろし〉
サダから六所宮のお守りが欲しいと頼まれ、府中まで出かけた伊庭八郎。そこで待ち受けていたものは……!? 好評シリーズ第三弾。

池波正太郎
元禄一刀流
時代小説短編集〈初文庫化〉
相戦うことになった道場仲間、一学と孫太夫の運命を描く表題作など、文庫未収録作品七編を収録。細谷正充編。

池波正太郎
熊田十兵衛の仇討ち 人情編
時代小説短編集
将来を誓い合い、契りを結んだ男は死んだ夫の仇だった? 女心の機微を描いた『熊五郎の顔』など五編の傑作短編時代小説を収録。

鈴木英治

口入屋用心棒1 逃げ水の坂

長編時代小説〈書き下ろし〉

仔細あって木刀しか遣わない浪人、湯瀬直之進は、江戸小日向の口入屋・米田屋光右衛門の用心棒として雇われる。好評シリーズ第一弾。

鈴木英治

口入屋用心棒2 匂い袋の宵

長編時代小説〈書き下ろし〉

湯瀬直之進が口入屋の米田屋光右衛門から請けた仕事は、元旗本の将棋の相手をすることだったが……。好評シリーズ第二弾。

鈴木英治

口入屋用心棒3 鹿威《ししおど》しの夢

長編時代小説〈書き下ろし〉

探し当てた妻千勢から出奔の理由を知らされた直之進は、事件の鍵を握る殺し屋、倉田佐之助の行方を追うが……。好評シリーズ第三弾。

鈴木英治

口入屋用心棒4 夕焼けの甍《いらか》

長編時代小説〈書き下ろし〉

佐之助の行方を追う直之進は、事件の背景にある藩内の勢力争いの真相を探る。折りしも沼里城主が危篤に陥り……。好評シリーズ第四弾。

鈴木英治

口入屋用心棒5 春風《はるかぜ》の太刀

長編時代小説〈書き下ろし〉

深手を負った直之進の傷もようやく癒えはじめた折りも折り、米田屋の長女おあきの亭主甚八が事件に巻き込まれる。好評シリーズ第五弾。

鈴木英治

口入屋用心棒6 仇討ちの朝

長編時代小説〈書き下ろし〉

倅の祥吉を連れておあきが実家の米田屋に戻った。そんな最中、千勢が勤める料亭・料永に不吉な影が忍び寄る。好評シリーズ第六弾。

鈴木英治

口入屋用心棒7 野良犬の夏

長編時代小説〈書き下ろし〉

湯瀬直之進は米の安売りの黒幕・島丘伸之丞を追う的場屋登兵衛の用心棒として、田端の別邸に泊まり込むが……。好評シリーズ第七弾。

鈴木英治
口入屋用心棒22 包丁人の首
長編時代小説〈書き下ろし〉

拐かされた弟房興の身を案じ、急遽江戸入りした沼里藩主の真興に隻眼の刺客が襲いかかる！　沼里藩の危機に、湯瀬直之進が立ち上がった。

鈴木英治
口入屋用心棒23 身過《みす》ぎの錐《きり》
長編時代小説〈書き下ろし〉

米田屋光右衛門の病が気掛りな湯瀬直之進は、高名な医者雄哲に診察を依頼する。そんな折、平川琢ノ介が富くじで大金を手にするが……。

鈴木英治
口入屋用心棒24 緋木瓜《ひぼけ》の仇《あだ》
長編時代小説〈書き下ろし〉

徐々に体力が回復し、時々出歩くようになった米田屋光右衛門。そんな折り、直之進のもとに光右衛門が根岸の道場で倒れたとの知らせが！

鈴木英治
口入屋用心棒25 守り刀の声
長編時代小説〈書き下ろし〉

老中首座にして腐米騒動の首謀者であった堀田正朝。取り潰しとなった堀田家の残党に盟友和四郎を殺された湯瀬直之進は復讐を誓う。

鈴木英治
口入屋用心棒26 兜割《かぶとわ》りの影
長編時代小説〈書き下ろし〉

江戸市中で幕府勘定方役人が殺された。その惨殺死体を目の当たりにし、相当な手練による犯行と踏んだ湯瀬直之進は探索を開始する。

鈴木英治
口入屋用心棒27 判《はん》じ物《もの》の主《ぬし》
長編時代小説〈書き下ろし〉

呉服商の船越屋岐助から日本橋の料亭に呼び出された湯瀬直之進は、料亭のそばで事切れていた岐助を発見する。シリーズ第二十七弾。

鳥羽亮
子連れ侍平十郎 上意討ち始末
長編時代小説

陸奥にある萩野藩を二分する政争に巻き込まれた、下級武士・長岡平十郎の悲哀と反骨をリリカルに描いた、シリーズ第一弾！

鳥羽亮
子連れ侍平十郎
江戸の風花
長編時代小説
上意を帯びた討っ手を差し向けられた長岡平十郎。下級武士の意地を通すため脱藩し、江戸に向かった父娘だが。シリーズ第二弾！

鳥羽亮
子連れ侍平十郎
おれも武士《おとこ》
長編時代小説
平十郎に三度の討っ手が迫る中、道場の門弟が次々と凶刃に倒れる事件が起きる。父と娘に安寧は訪れるのか!? 好評シリーズ第三弾。

鳥羽亮
剣狼秋山要助
秘剣風哭《ふうこく》
連作時代小説〈文庫オリジナル〉
上州、武州の剣客や博徒から鬼秋山、喧嘩秋山と恐れられた男の、孤剣に賭けた凄絶な人生を描く、これぞ「鳥羽時代小説」の原点。

葉室　麟
川あかり
長編時代小説
藩で一番の臆病者と言われる男が、刺客を命じられた！　武士として生きることの覚悟と矜持が胸を打つ、直木賞作家の痛快娯楽作。

藤井邦夫
日溜り勘兵衛　極意帖
眠り猫
長編時代小説〈書き下ろし〉
老猫を膝に抱き縁側で転た寝する素性の知れぬ浪人。盗賊の頭という裏の顔を持つこの男は善か、悪か!?　新シリーズ、遂に始動！

藤原緋沙子
藍染袴《あいぞめばかま》お匙帖
風光る
時代小説〈書き下ろし〉
医学館の教授方であった父の遺志を継いで治療院を開いた千鶴が、旗本の菊池求馬とともに難事件を解決する。好評シリーズ第一弾。

藤原緋沙子
藍染袴《あいぞめばかま》お匙帖
雁渡《かりわた》し
時代小説〈書き下ろし〉
押し込み強盗を働いた男が牢内で死んだ。牢医師も務める町医者千鶴の見立ては、鳥頭による毒殺だったが……。好評シリーズ第二弾。

藤原緋沙子

藍染袴《あいぞめばかま》お匙帖

父子雲《ちちこぐも》

時代小説〈書き下ろし〉

シーボルトの護衛役が自害した。長崎で医術を学んでいたころ世話になった千鶴は、シーボルトが上京すると知って……。シリーズ第三弾。

藤原緋沙子

藍染袴《あいぞめばかま》お匙帖

紅《あか》い雪

時代小説〈書き下ろし〉

千鶴の助手を務めるお道の幼馴染み、おふみが許嫁の松吉にわけも告げず、吉原に身を売った。千鶴は両親のもとに出向く。シリーズ第四弾。

藤原緋沙子

藍染袴《あいぞめばかま》お匙帖

漁《いさ》り火《び》

時代小説〈書き下ろし〉

岡っ引の彌次郎の刺殺体が神田川沿いで引き上げられた。半年前から前科者の女衒を追っていたというのだが……。シリーズ第五弾。

藤原緋沙子

藍染袴《あいぞめばかま》お匙帖

恋指南

時代小説〈書き下ろし〉

小伝馬町に入牢する女囚お勝から、娑婆に残してきた娘の暮らしぶりを見てきてほしいと頼まれた千鶴は、深川六間堀町を訪ねるが……。

藤原緋沙子

藍染袴《あいぞめばかま》お匙帖

桜紅葉《さくらもみじ》

時代小説〈書き下ろし〉

「おっかさんを助けてください」。涙ながらに訴える幼い娘の家に向かった女医桂千鶴の前に、人相の悪い男たちが立ちはだかる。

藤原緋沙子

藍染袴《あいぞめばかま》お匙帖

月の雫

時代小説〈書き下ろし〉

美人局にあった五郎政の話で大騒ぎとなった桂治療院。そんな折り、数日前まで小伝馬町の牢にいた女の死体が本所竪川の土手で見つかる。

藤原緋沙子

藍染袴《あいぞめばかま》お匙帖

貝紅

時代小説〈書き下ろし〉

桂治療院に大怪我をした男が運び込まれた。清治と名乗った男は本復して後も居候を決め込む。優男で気が利く清治には別の顔があった。